Le Livre de Poche Jeunesse

DEUX FRÈRES

PATHÉ présente

DEUX FRÈRES

Un film de JEAN-JACQUES ANNAUD

Guy Pearce Jean-Claude Dreyfus Philippine Leroy Beaulieu
Freddie Highmore Oanh Nguyen

Tigres dressés et dirigés par Thierry Le Portier
Assisté de Monique Angeon
Scénario : Alain Godard & Jean-Jacques Annaud
Musique : Stephen Warbeck
Produit par Jake Eberts / Jean-Jacques Annaud
Producteur Exécutif : Xavier Castano
Une co-production franco-anglaise Pathé Renn Production (Paris) Two Brothers Productions Ltd (Londres) et TF1 films Production
Distribué par Pathé Distribution en France, par Alternative Films en Belgique et par Monopole Pathé en Suisse

Supervision de l'ouvrage pour Pathé : Flore Michiels.

JEAN-JACQUES ANNAUD

Un texte de Karine Lou Matignon

DEUX FRÈRES

Qui sont les auteurs ?

Jean-Jacques Annaud est réalisateur, producteur et scénariste. L'étude des comportements humains et animaux le fascine autant que la nature, toujours présente dans ses films. Sa réputation est internationale et ses principales œuvres sont *La guerre du feu*, 1981 (César du meilleur film et du meilleur metteur en scène), *Le nom de la Rose*, 1986 (César du meilleur film étranger) et *L'ours*, 1987 (César du meilleur metteur en scène). *Deux frères* est son dixième film.

Après avoir commencé sa carrière en tant que journaliste, Karine Lou Matignon s'est vite tournée vers le métier d'écrivain et de scénariste. La relation de l'homme à la nature est son thème de prédilection. Elle a publié plusieurs ouvrages sur le sujet (essais, beaux-livres, roman). *Deux frères*, d'après le film de Jean-Jacques Annaud, est son premier roman pour la jeunesse.

AVERTISSEMENT

Cette histoire est une fiction. Les tigres restent des animaux sauvages dont il est fortement déconseillé de s'approcher, même lorsqu'ils vivent en captivité.

PROLOGUE

C'est un temple sacré en ruine, englouti au milieu de la jungle. Partout, des lumières jaillissent sous le rideau végétal et des rumeurs animales résonnent. Des racines d'arbres géants se pressent aux entournures des sculptures en grès et enserrent des bouddhas rieurs, des moines en méditation et des danseuses aux gestes sensuels. Le temps a fait son œuvre mais ses ravages n'ont pas entamé l'étrange beauté des lieux. Il y a fort longtemps, les hommes ont dressé ici un empire pour communiquer avec les dieux. Dans cet océan de verdure, ils ont érigé des temples-montagnes, symboles de leur pouvoir. Des siècles plus tard, quand la nature a repris ses droits, les tigres ont fait de ce royaume déchu leur propre territoire.

*
* *

Quelque chose d'étrange vient d'alerter les animaux. Aussitôt un calao au long bec et au plumage multicolore s'échappe d'un buisson en poussant un cri. Puis un serpent aux reflets sombres rampe en sifflant sur une pierre détrempée. À son tour, une mangouste jette des œillades affolées avant de disparaître, vive comme l'éclair, dans l'anfractuosité d'un mur. Soudain, l'ombre d'un tigre glisse le long d'un bas-relief rongé par les mousses. C'est toujours ainsi, personne ne le voit : on devine juste sa présence. D'abord, ce sont des bruissements d'herbes, des craquements, puis un ronflement rauque. Enfin, il apparaît sans se hâter. Il allie à la souplesse une puissance envoûtante : c'est un ogre au manteau de velours rayé d'ombre et de lumière. Sur le chemin qu'il emprunte, il montre une belle assurance, une indifférence altière et, pourtant, pas un instant il ne relâche sa vigilance.

L'animal avance à présent sur une terrasse en surplomb, il semble dominer le monde. Il est venu dans ce royaume déchu à la rencontre d'une tigresse. Il hume l'air et sent qu'elle est là. Il griffe le sol pour indiquer à d'éventuels rivaux que cette femelle est la sienne. La tigresse répond à ses appels par des rauquements puissants avant de surgir de derrière un rideau de fougères. Deux regards flamboyants se jaugent alors. Méfiante, la femelle ne trahit cependant aucune frayeur, ni aucune agressivité. Au contraire, elle détaille le grand tigre avec aplomb puis, saisie d'une envie impérieuse de courir, elle s'élance comme une flèche et l'entraîne sous le couvert des arbres. Parfois, elle s'arrête en faisant mine de l'attendre. Elle minaude un peu, joueuse et séductrice, puis détale à nouveau dès qu'il s'approche.

Il est impatient, mais reste prudent et l'observe. Lorsque, à certains moments, il parvient à poser son museau sur elle, il accepte d'être repoussé et la contemple encore avec bienveillance. Alentour, les visages des bouddhas semblent se faire complices de l'idylle animale. En courant, les deux tigres s'enfoncent dans le labyrinthe sacré du temple. Elle l'attire le long des remparts enlacés de lourdes lianes d'orchidées et de jasmin. Des singes effarouchés se réfugient vers la cime d'un arbre-pieuvre dont les racines gigantesques enveloppent l'encadrement d'un portail et semblent vouloir l'emporter.

Le mâle est décidément aussi rusé au combat qu'en amour. À la faveur d'une avancée progressive, il finit par rejoindre la tigresse. Elle montre bien les crocs mais, cette fois, elle ne le rabroue pas et accepte ses assauts sous le regard interdit d'un jeune macaque. Du cœur des ombres, jaillit la clameur de leurs miaulements amoureux. Elle résonne et roule dans le dédale d'arcades, fait s'enfuir un cerf sur le parvis du temple. On dirait qu'elle illumine et réveille les innombrables statues sagement enveloppées dans leurs capes végétales. Surprises dans leur sommeil, des milliers de minuscules chauves-souris se décrochent des voûtes humides dans un même élan et s'en vont tournoyer au-dessus de la forêt.

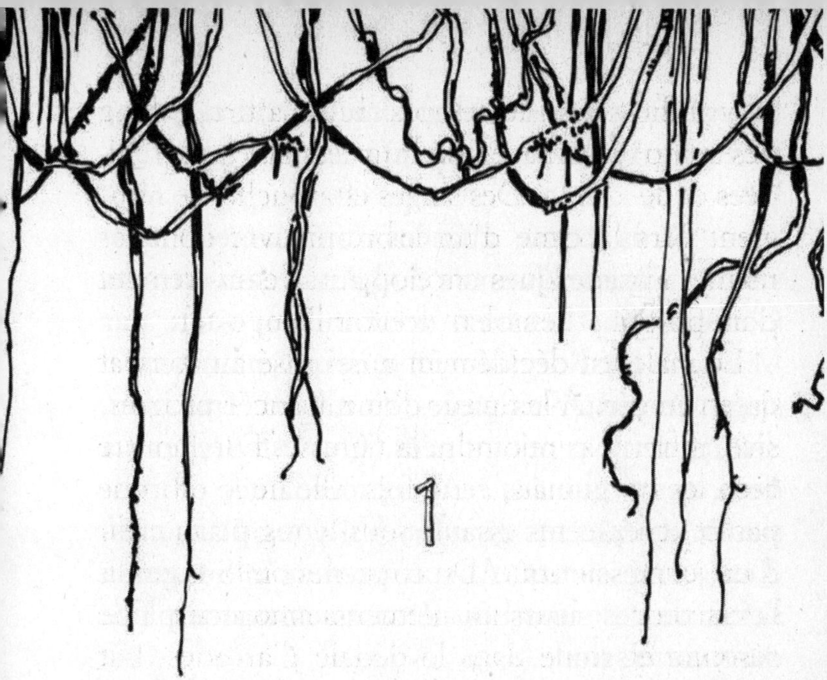

1

— Trois cents guinées. Allons, mesdames, messieurs, trois cents guinées pour ce magnifique ivoire..., propose avec zèle le commissaire-priseur au visage austère.

Devant lui, deux commis exposent de lourdes défenses d'éléphant aux regards des collectionneurs venus des quatre coins de Londres. Malgré l'enthousiasme du commissaire, la salle, comble mais muette, ne manifeste aucun intérêt pour le lot présenté. Seuls quelques raclements de gorge perturbent le silence devenu pesant.

— Trois cents guinées, mesdames, messieurs..., insiste l'homme du haut de son estrade. Comme vous le savez, il est mis en vente par M. Aidan Mc Rory lui-même, ce qui garantit qu'il s'agit de véritables pièces de musée. Très bien, disons deux cents guinées. Qui est preneur à deux cents guinées ? Allez, mesdames et messieurs, deux cents guinées. S'il vous plaît, mesdames, messieurs. Aucun preneur ? Songez à l'effet de ces superbes défenses en bonne place dans votre salon...

Déconcerté par l'indifférence de la foule, le commissaire-priseur jette un regard d'impuissance en direction d'un homme encore jeune, au visage émacié et à la peau tannée par le soleil. À l'écart, appuyé contre les lambris de la salle, l'homme au physique d'aventurier, résultat d'années d'expéditions de chasse organisées sur tout le territoire africain, suit les enchères avec un certain flegme. Une élégante de la haute société londonienne a suivi le regard du vendeur.

— Je te dis que c'est lui... c'est Mc Rory, chuchote-t-elle à l'oreille de sa voisine, probablement attirée par sa renommée de chasseur et d'écrivain autant que par son élégance. Je trouve qu'il a vraiment de l'allure... Présente-moi, je rêve de vivre dangereusement !

— Pas aussi dangereusement, répond son amie. De toute façon, le moment n'est pas bien choisi, ses affaires vont trop mal aujourd'hui.

L'air buté, presque maussade, vêtu d'un complet-veston, Aidan Mc Rory a belle allure. Il émane de sa personne quelque chose qui le distingue des autres hommes présents. Non pas qu'il soit véritablement séduisant, mais il affiche un air farouche et dédaigneux qui attire les regards.

— Cent cinquante guinées. Allons, mesdames, messieurs... Un petit geste ! continue l'officier chargé de la vente avec des accents suppliants dans la voix.

La vente tourne maintenant au ridicule. Au fond de la salle, Aidan fait un signe de la main pour mettre un terme à ce fiasco. Immédiatement, les commis se libèrent de leur charge avec soulagement tandis que le commissaire-priseur poursuit les enchères, porté par une nouvelle énergie.

— Eh bien, changement de continent. Nous allons en Asie du Sud-Est pour le lot suivant, avec une très jolie représentation d'un bouddha du XIIIe siècle en grès, en provenance des régions du Haut-Mékong. Mise à prix deux cents guinées.

En ces années 1920, l'événement est de taille. Cette fois, le commissaire n'a guère besoin de faire preuve de persuasion. Le fragile visage d'un bouddha posé sur le tapis vert suscite tout de suite l'envie générale. Un murmure passionné parcourt la salle tandis que les acheteurs potentiels s'animent les uns après les autres. Au grand étonnement d'Aidan, les enchères grimpent avec une incroyable rapidité.

— Deux cent soixante-dix au fond, trois cents ici. Trois cent cinquante à ma gauche, quatre cents devant moi, quatre cent cinquante à ma droite, cinq cents. Cinq cents à ma droite, six cents...

Un peu dépité, Aidan Mc Rory est sur le point de quitter les lieux. Alors qu'il se dirige vers la sortie, l'engouement qui gagne subitement les rangs attire son attention. Un colonel de l'armée des Indes vient de se manifester. L'émotion l'envahit si intensément qu'il en rougit et tortille méthodiquement sa moustache.

— Sept cents devant ! reprend le commissaire.

C'est au tour d'une lady en rose d'incliner délicatement son chapeau orné d'une mésange bleue.

— Huit cent cinquante au fond, neuf cents. Neuf cents guinées !

Mc Rory sait qu'une fièvre similaire se répand partout en Europe depuis que les colonies ont exhumé les richesses de l'Asie du Sud-Est. Ce qui ne l'empêche pas de considérer la fulgurante ascension des enchères avec effarement. Les joues des participants s'empourprent. Des regards perplexes ou triomphants se croisent. Le débit s'accélère, les chiffres s'emballent, atteignant des montants astronomiques. La haute société britannique, d'ordinaire si flegmatique, est prise d'une véritable frénésie. Un tonnerre d'applaudissements retentit lorsque le commissaire-priseur, qui peine à suivre l'envolée, finit par abattre son maillet.

— Neuf cent cinquante guinées ! hurle-t-il à bout de souffle.

Une imperceptible expression d'incrédulité passe sur le visage de Mc Rory. D'autres lots sont apportés au pied de l'estrade pour y être soumis au jugement des connaisseurs. Il y a là une danseuse, fine et gracieuse, un cortège d'éléphants en bas relief et aussi un sage en méditation, un sourire énigmatique sur ses lèvres de pierre.

— Passons au lot suivant, le lot 38 A. Une statue datée de la fin du XIIe siècle, représentant une divinité féminine. Le sujet est finement taillé.

À peine la statue du bouddha a-t-elle disparu du podium, emportée par son heureux acquéreur, qu'une nouvelle vague d'exaltation déferle sur la salle. Aidan s'approche et examine de plus près les statues de grès rongées par le temps. Son esprit est en ébullition, et dans son regard, la convoitise se dessine. C'est un fait, l'ivoire qu'il est venu vendre comme à l'accoutumée n'intéresse décidément plus personne. Le continent africain et ses ressources semblent avoir perdu leur mystère au profit des temples de la jungle asiatique. L'heure est venue pour lui de passer à autre chose. En toute circonstance, il a toujours su s'adapter aux changements et, aujourd'hui encore, il se sent capable de rebondir. La vie sauvage, qu'il connaît mieux que personne, lui a probablement enseigné cette attitude.

Aidan Mc Rory a trente-cinq ans, et jouit d'une belle notoriété. Jusqu'à présent, la chance lui a toujours souri. Citoyen britannique né en Afrique d'une famille de colons, fils d'administrateur bourgeois, son éducation dans un ranch où l'on buvait les meilleurs vins français, où l'on écoutait des concertos et chassait les fauves, a fait de lui un homme à la fois cultivé et proche de la nature. En ayant grandi dans cet environnement, comment aurait-il pu être promis à une autre existence ? Pourtant, depuis quelque temps, cette vie ne le satisfait plus. Guider de richissimes clients disposés à payer une fortune pour tuer des animaux et, le reste du temps, vendre au plus offrant leur peau ou leur ivoire, commence à lui peser. Il n'a d'ailleurs plus d'inspiration et n'éprouve dorénavant plus aucun plaisir à écrire ses récits de chasse. Sans en comprendre le sens profond, il sent que quelque chose est en train de se transformer en lui. Probablement le résultat d'une lassitude, ou bien peut-être un sursaut de dignité. Plus que jamais, contemplant les œuvres d'art asiatiques dressées devant lui, Aidan Mc Rory pense qu'il est temps de changer le cours de sa vie.

2

Perdues au milieu de la jungle, les tours du temple émergent à peine, baignées par les premières lueurs du jour. Dans l'air, flottent les relents acides et douceâtres, presque écœurants, de la tourbe et du bois humide. Au sommet d'un banyan, un macaque édenté pousse un cri aigu dont l'écho envahit l'espace. Il ne faut pas longtemps pour que l'agitation gagne les animaux à tous les étages de la forêt. Partout, les oiseaux jacassent. Des singes prennent la poudre d'escampette. Grâce à leurs mains et à leurs pieds agiles, ils sont capables de passer de branche en branche à la vitesse de l'éclair. Au sol, la débâcle s'est généralisée et n'a rien à envier au chahut dans les arbres.

C'est alors qu'émerge la tigresse sur le perron du temple envahi par les lianes. Elle avance d'un pas lourd et sûr en rauquant, impressionnante de force et de beauté. À sa suite, deux petites boules de poils pas plus hautes que trois pommes, âgées de quelques semaines à peine : Koumal et Sangha. Le premier bébé tigre est hardi et fier. Il paraît minuscule à côté des figures géantes des boudhhas qui l'entourent, mais, pour lui, il ne fait aucun doute que sa présence est à l'origine de la débandade. Bien disposé sur ses aplombs, Koumal écoute le raffut et, plein d'assurance, dresse ses oreilles en marchant dans le sillage de sa mère. Son jumeau, qui se presse à ses côtés, lui est en tout point semblable, même frimousse et même corpulence pataude. Cependant, il a l'air plus prudent et désespérément timide. Il tient sa tête basse et ses yeux sont moins vifs. Partout où il se tourne, la forêt semble lui donner le vertige. Aussi, ne quitte-t-il pas le regard apaisant de celle qui lui a donné la vie.

À l'abri du monde extérieur, la tigresse les a

protégés les premières semaines de leur existence. Aujourd'hui, c'est sous sa surveillance qu'ils découvrent ce qui va devenir le théâtre de leur vie. Toutes les pulsions et l'énergie en réserve dans leur corps n'ont attendu que ce moment : se confronter à la nature profonde des choses.

— Aooumm !

La femelle vient de répondre au cri puissant du grand mâle posté près de la rivière. Là-bas, le cours d'eau qui cascade doucement le long des rochers se transforme en bout de course en un lac de dimension modeste. Il est entouré de palmiers et de bananiers sauvages dont les larges feuilles ploient sous l'humidité. C'est là que la femelle se désaltère et se prélasse chaque jour. C'est aussi en bordure de cette étendue d'eau qu'elle patiente pendant des heures, camouflée dans les hautes herbes, attendant l'arrivée de ses proies.

Lorsque la tigresse et ses petits se montrent, le tigre ne bouge pas. Dans ce monde sauvage, il arrive que les mâles tuent et dévorent leur progéniture, d'où la méfiance des femelles à leur approche. Mais il existe aussi des exceptions, et, dans le cas présent, la tigresse ne lit pas le danger chez celui qui, trois mois plus tôt, a engendré ses petits. Au comportement de leur mère, dont ils observent en permanence les moindres attitudes, les jeunes tigres savent qu'ils n'ont pas lieu de craindre le mâle. Koumal, le premier, s'élance vers lui et déambule entre ses pattes, qui lui paraissent immenses. En retrait, son frère hésite, puis finit par l'imiter. Ensemble, ils se pressent bientôt contre leur père, attrapent et mordillent sa queue et ses babines, en émettant toute une variété de sons doux et plaintifs, auxquels il répond par de vigoureux coups de langue. Entre eux, les deux adultes sont prodigues de caresses : ils frottent à tour de rôle leurs joues sur le cou de l'autre, dans un rituel qui scelle leur affection commune.

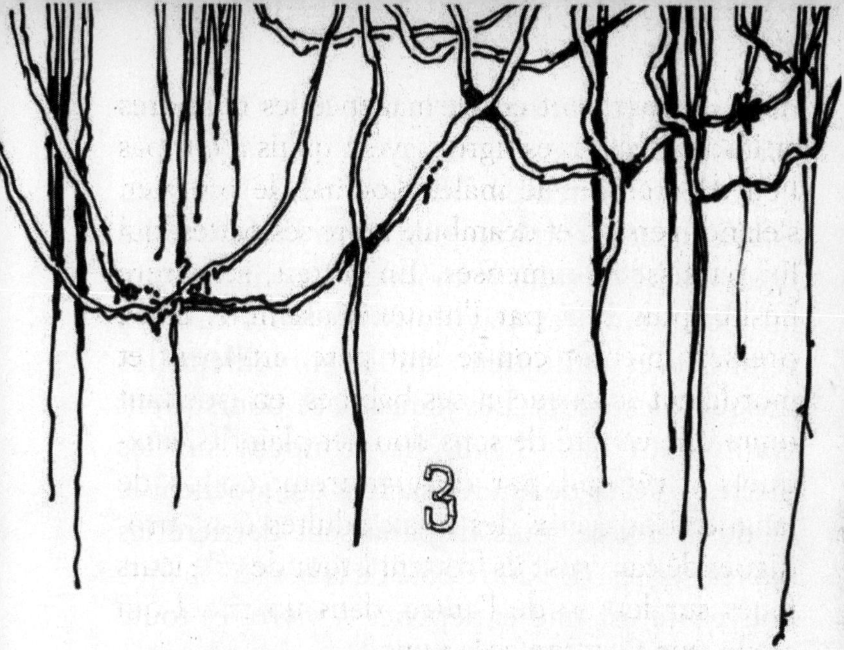

3

Les deux jeunes tigres ont de la vigueur, et la chaleur écrasante n'entame pas leur enthousiasme. C'est Koumal, le plus intrépide, qui donne le signal. Il saute par-dessus son frère, le provoque, et celui-ci, stimulé, abandonne le giron maternel pour s'élancer. Ils roulent au sol, se redressent sur leurs pattes de derrière, entament une bagarre, l'un dominant, l'autre soumis. À l'école animale, le jeu est un bon moyen d'apprendre l'art et la manière d'être tigre. En jouant, ils assimilent les lois et les contraintes de ce monde : savoir se battre, affiner son sens de la ruse et ses aptitudes à la course.

Pendant ce temps, allongés dans l'eau qui rafraîchit leurs corps engourdis par la chaleur, les deux adultes restent immobiles. Ils ont les yeux mi-clos, seuls les pavillons de leurs oreilles remuent et indiquent qu'ils surveillent les frasques des petits. Les jumeaux se poursuivent maintenant dans l'eau. Ils grimpent sur les pierres gravées de figures sacrées qui jonchent le lit de la rivière, puis disparaissent derrière les hautes herbes, de l'autre côté de la berge. Chaque nouveauté est une expérience à vivre, et toute exploration excite leurs sens. Une noix de coco abandonnée sur le sol fait bientôt leur bonheur. Comme deux chatons joueraient avec une pelote de laine, Koumal et Sangha s'envoient le fruit fibreux. Ils se jettent à terre pour l'arrêter entre leurs petites pattes, tout en poussant des grognements dès qu'ils s'en saisissent.

En dévalant une pente recouverte de feuilles et bordées de buissons et de racines, la balle improvisée les entraîne à sa poursuite. Immédiatement, ils se précipitent, culbutent et dégringolent avec la noix jusqu'au bas de la colline. Le choc brutal de la réception n'a pas beaucoup d'importance comparé à l'intense émotion qui saisit Sangha devant l'apparition inopinée d'une jeune civette au pelage gris taché de noir. La voir détaler entre ses pattes provoque en lui un fort désir de poursuite, et ajoute à son apprentissage.

Bille en tête, Sangha cavale derrière le jeune animal. Il ne sait pas qu'il répète là les comportements ancestraux de son espèce, et que ses gestes annoncent la traque solitaire qu'il mènera sitôt adulte. Mais pour l'heure, le féroce félin de quelques kilos se heurte, en bout de course, à la colère de la mère du petit carnivore. Elle a la taille d'un gros chat aux pattes courtes, ses minuscules yeux noirs lancent des éclairs agressifs et rien ne semble pouvoir tempérer son ardeur au combat. Sangha s'arrête net au pied d'un hévéa car, à la voir ainsi cracher sa fureur, il éprouve une peur déconcertante et instinctive qui lui noue les entrailles. Les yeux écarquillés devant la civette adulte, le jeune tigre piaule : il n'a jamais subi une telle violence. Dans sa petite tête, la bête incarne l'hostilité, et un danger potentiel qu'il s'agira de garder en mémoire pour la prochaine fois. Un nouvel assaut le panique pour de bon. Blessé dans sa fierté, il se décide malgré tout à prendre la fuite, et entreprend de grimper le tronc de l'hévéa afin de s'y réfugier.

Sa frayeur galvanise au contraire son frère, qui, curieux et déterminé, arrive à son tour sur les lieux. De nouveau, la civette découvre ses dents acérées pour montrer qu'elle est prête à en découdre. Mais, à l'inverse de son frère, Koumal ne se démonte pas. Il continue à observer avec fascination la manière dont elle ouvre sa gueule pour l'impressionner, à tel point qu'il en oublie d'avoir peur. Une force agit en lui et l'oblige chaque jour qui passe à trouver l'assurance nécessaire pour faire face à tout nouvel événement. Né pour être prédateur, Koumal a confiance en lui : il sent qu'il est de son devoir de se fâcher. Il s'avance, le pelage hérissé et, tout petit qu'il est, fait battre en retraite la civette dans son trou. Devant son repli, Koumal se réjouit, rempli de l'orgueil des vainqueurs. Au-dessus de lui, il est surpris de découvrir son frère agrippé aux branches maîtresses de l'hévéa avec l'énergie du désespoir. Paniqué par le vide, les griffes de Sangha ont lacéré l'écorce d'où coule un épais liquide laiteux.

Au pied de l'arbre, Koumal l'invite à venir le retrouver en poussant des miaulements d'impatience. Mais Sangha est tétanisé, et il n'ose plus bouger. Le manège dure un moment puis terrassé par l'épuisement, il sent ses griffes céder sous son poids et il chute sur un matelas moelleux constitué de feuilles et de tourbe. Désormais, il sait, pour le reste de ses jours, que le vide est dangereux et que plus on grimpe haut dans un arbre, plus dure est la chute. Au sol, les deux petits se remettent à jouer et s'en régalent. Le temps de l'insouciance ne dure pourtant pas. Soudain, ils se figent dans leur position acrobatique et dressent leurs oreilles. Porté par la brise, l'écho lointain de bruits curieux vient de les prendre au dépourvu.

[illegible]

[illegible] est la nourriture. Ainsi, les [illegible] petits se [illegible]

[illegible] Pourquoi la larve [illegible]

[illegible]

4

Le grand tigre et sa femelle lèvent le museau pour flairer l'air qui charrie de drôles d'odeurs. Leurs corps crispés et leurs pupilles rétrécies indiquent qu'ils ont perçu un danger. Le mâle grogne sourdement. D'un bond, la tigresse s'élance dans la direction où elle a vu partir ses deux petits. Perché sur un promontoire, Koumal se redresse prudemment dans le feuillage. Sangha, tout collant du latex de l'hévéa, le rejoint en marchant maladroitement. De larges feuilles de caoutchoutier sont collées à ses pattes et lui donnent l'air d'avoir chaussé des raquettes. Koumal tend le cou, incline la tête, s'interrogeant sur la nature des sons qu'il perçoit. Les bruits parviennent de la vallée qu'ils aperçoivent dans la trouée. C'est la première fois qu'ils s'aventurent jusque-là.

Aux quatre coins de la jungle, on ne voit qu'un horizon hérissé d'arbres sombres, sur lequel le ciel, comme un voile lumineux, semble avoir été posé. La curiosité est trop forte, Koumal et Sangha s'avancent sur un éperon rocheux. Ils ne distinguent d'abord rien de précis tant l'espace et la lumière les surprennent, puis au bas d'un vallon, un sentier serpentant dans la forêt leur apparaît. Une file insolite d'êtres verticaux flanqués d'animaux s'ébranle péniblement sur ce dernier. La tigresse, surgie brusquement de derrière les taillis, les interpelle sans attendre.

— Tchsss...

Il ne faut pas longtemps aux deux jeunes tigres pour qu'ils fassent le rapport entre l'agitation de leur mère et la présence, en bas, de ces êtres vivants aux formes bizarres. Ils comprennent que cette situation inhabituelle nécessite de se mettre à l'abri.

— Rarrr..., gronde encore la mère qui veut entraîner plus loin ses petits.

Sangha, inquiet, veut se presser mais, empêtré par ses raquettes végétales, il pousse des miaulements désespérés.

— Mea... Mea...

La femelle vient à son secours et, le saisissant par la peau du cou, l'emporte rapidement. Koumal, laissé à la traîne, court tout son saoul pour ne pas se laisser distancer. Souple et rapide, la tigresse se glisse sous le portail enserré par les racines de figuier et pénètre dans la tanière cachée au cœur de la chapelle du temple en ruine.

Sur les poutres, on distingue toujours des motifs floraux, mais les murs sont rongés par l'humidité, les sols éventrés jonchés par endroits d'éboulis, et au travers des murs lézardés, surgissent des racines. À même un tapis de mousse, la tigresse dépose Sangha, bientôt rejoint par son frère. Puis elle entreprend de nettoyer, à grands coups de langue, les pattes recouvertes de latex du petit malchanceux. Après quoi, elle bascule sur le flanc et offre tendrement ses mamelles gonflées de lait. Dans ce lieu exigu, blotti contre la moiteur apaisante du ventre de leur mère, les deux frères savent qu'ils sont en sécurité. Sangha, rassasié, s'endort le premier. Les aventures qu'il a vécues ces dernières heures l'ont épuisé et il commence déjà à ronfler.

Au-dehors, le crépuscule a envahi la forêt. Partout, les ombres des colonnes du temple s'allongent et, sur les terrasses dévastées, les visages de pierre paraissent éteints. Le grand tigre est venu se poster à l'entrée. Sa queue fouette l'air et trahit sa détermination à protéger les siens et à revendiquer son territoire. L'inquiétude tient toujours la tigresse en éveil, elle s'oblige cependant à rester immobile pour ne pas gêner Sangha dans son sommeil. Du côté de Koumal, la curiosité l'emporte, une fois de plus, sur la fatigue. Depuis peu, il sait que le monde est fait d'énigmes dont il lui faut vite saisir le sens pour survivre. Pour ce faire, il doit apprendre la prudence et, en même temps, savoir faire preuve d'audace. Échappant alors à sa mère, il grimpe le long d'une racine pour se hisser jusqu'à une fissure qu'il a repérée dans le mur. Celle-ci donne sur la cour dallée et de là, il voit ce qui se déroule à l'extérieur. Il inspecte donc les environs et tout ce qu'il peut voir l'étonne. D'abord, c'est une étrange lueur posée au sol, illuminant la nuit et dévorant du bois, qui attire son attention. Puis il distingue de drôles de créatures bavardes et remuantes qui s'agitent autour. Ces êtres émettent des sons qu'il n'a jamais entendus. Il ne connaît pas non plus leur étrange odeur. Au fond de lui, il commence déjà à les craindre.

Niché au milieu des ruines et d'un océan de verdure, le campement est dressé. Des hamacs sont suspendus entre les arbres et des caisses en bois avoisinent des chariots, où sont entreposés des outils de toutes sortes. Les buffles d'eau et l'éléphant sont débarrassés de leurs fardeaux et solidement sanglés pour ne pas s'échapper. Deux chiens déambulent librement dans le camp. Hommes et bêtes sont arrivés ici après des heures de marche, en suivant un sentier à travers une forêt luxuriante, difficile d'accès, et, à cette heure, tous sont accablés par la même fatigue. Aidan Mc Rory voit un défi à relever dans ce temple englouti au sein d'un incroyable enchevêtrement de branches comme si la nature, jalouse et possessive, s'était transformée en gardienne des lieux.

Le célèbre chasseur dirige les opérations, à la tête d'hommes armés de pics et de burins. L'expédition compte une quinzaine de personnes avec les porteurs et ses aides personnels : Verlaine, un pisteur au visage balafré, et surtout Napoléon, son fidèle adjoint, un métis reconnaissable entre tous à son curieux bicorne avachi. Porté par ses rêveries, Aidan pose un disque sur son gramophone et, malgré la chaleur persistante et l'assaut des moustiques, il se délecte de la merveilleuse musique de Verdi qui bientôt emplit la jungle. Une lampe à pétrole à la main, Mc Rory s'approche ensuite d'une muraille où il distingue des soldats défilant sur un bas-relief. Un peu plus loin, une farandole de danseuses Apsâras est ciselée dans la pierre. Il essaie d'embrasser toute la scène du regard. Il écarte les lianes tombantes et caresse les visages de grès qui s'offrent sous ses doigts. Il est saisi d'une sorte d'éblouissement. Cela s'annonce plutôt bien. À dire vrai, il est ravi. Il imagine déjà l'enthousiasme des collectionneurs lorsqu'il aura rapporté ces merveilles en Europe et, surtout, la fortune qu'elles vont lui rapporter. L'aventurier n'éprouve aucun scrupule à s'approprier les trésors d'une civilisation de légende. « Après tout, si la forêt s'allège de ces œuvres sculptées qui patientent ici depuis des siècles, le monde ne va pas s'arrêter de tourner ! » pense-t-il.

De son repaire, Koumal continue de contempler avec étonnement la grosse boîte surmontée d'une bien curieuse tulipe, d'où s'échappent les sons mélodieux qui lui chatouillent les oreilles. Il n'a jamais rien vu ni entendu de semblable. Partagé entre la frayeur et la curiosité, il songe que les êtres qu'il a sous les yeux sont bien étranges et il les inspecte en détail. Rien ne lui échappe.

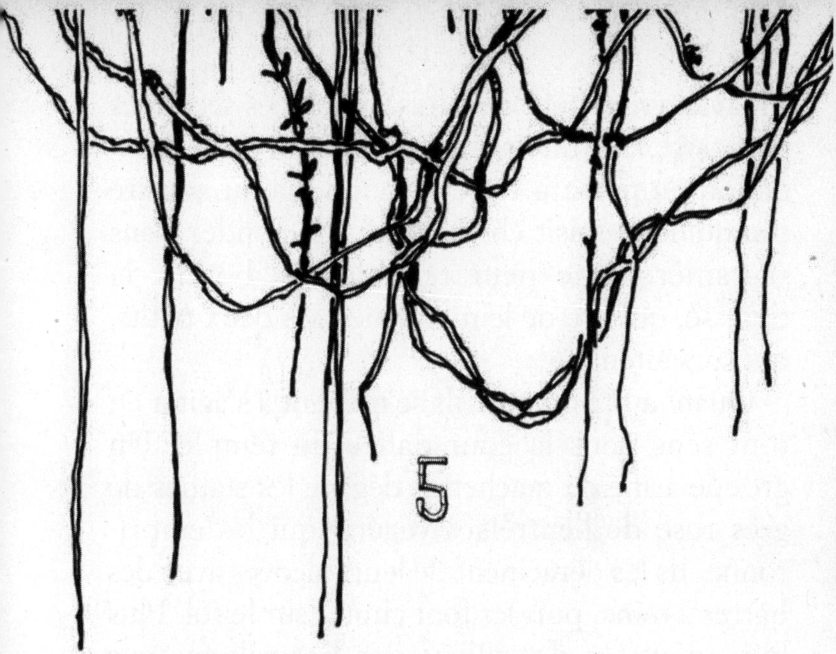

5

Sur les arbres, des lambeaux de brume résistent à la chaleur du jour naissant. La forêt bruit de son habituel tumulte matinal : piaillement des oiseaux, ululements des singes, sifflement des insectes... Dans la trouée du lourd feuillage percent les faibles rayons du soleil, qui semblent réveiller le visage naïf et joufflu d'un bouddha colossal. Un bâton de dynamite a été placé sous le socle soutenant ses pieds massifs. Une main approche une pipe allumée de la mèche de l'explosif. Le geste est rapide et précis, comme s'il avait été répété cent fois. Quelques secondes plus tard, le bruit énorme et soudain de la détonation emporte à terre le bouddha au sourire tranquille et saisit chaque être à la ronde. Dans sa tanière, une peur terrible fait bondir la tigresse, qui tire de leur sommeil ses deux petits, qui sursautent.

Quant aux hommes, ils se mettent à s'agiter en tout sens dans la cour dallée du temple. Un groupe armé de machettes dégage les statues de grès rose de l'entrelacs végétal qui les emprisonne. Ils les déracinent de leurs alcôves avec des barres à mine, puis les font chuter sur le sol. Plus loin, d'autres descellent des bas-reliefs avec autant d'efficacité. À genoux, Napoléon retire les lianes qui étouffent un gigantesque bonze en grès abandonné entre les racines des arbres. Il interpelle Mc Rory à son passage.

— Belle statue ! Beaucoup d'argent, mais trop lourd !

— Prends seulement la tête, ordonne Aidan en faisant signe de lui couper le cou.

Aussitôt, le bonze est soigneusement décapité à coups de burin et de masse. Aidan Mc Rory est partout à la fois et surveille l'avancement du chantier avec calme et attention. Il évalue rapidement les situations et, pragmatique, trouve les solutions adéquates en un rien de temps. Un éléphant dont la trompe sert de palan aide les hommes à charger le butin sur le plateau des chars à buffles. Tous sont en charge d'une mission, qu'ils réalisent comme la énième répétition d'un ballet parfaitement orchestré.

Les heures passent dans le bruit et la frénésie. Au milieu de la cour, un cuisinier torse nu, un torchon coincé à la ceinture, tisonne les braises sous le chaudron du repas collectif qui mijote. Il a les yeux rivés sur son ouvrage, tout à son affaire. À ses côtés, Napoléon bourre sa pipe silencieusement. Une brise légère pousse la fumée du foyer vers les ruines où sont tapis les fauves, mais, par un caprice inattendu, voilà qu'elle change subitement de direction, de telle sorte qu'elle asphyxie le cuistot qui suffoque et peste. Aux pieds de Napoléon, le chien est lui aussi surpris dans sa quiétude. Il flaire les odeurs qui proviennent de la forêt et lorsqu'il distingue celles de la tanière, ses poils se hérissent sur son dos. Dans la seconde qui suit, il se met à aboyer, mettant ainsi les autres animaux en état d'alerte. Juste après lui, c'est l'éléphant qui prend peur : il fait claquer ses oreilles sur son crâne et, laissant tomber une sculpture, lève sa trompe en poussant un barrissement aigu. Alarmés, les buffles sortent à leur tour de leur torpeur et s'échappent, sourds aux cris des hommes qui tentent de les arrêter.

Désormais, personne n'ignore qu'un fauve rôde dans les parages. D'abord incrédule, l'homme au bicorne est pris de panique et hurle comme un damné.

— Tigre, Tigre !!!

— Verlaine, le fusil ! crie Aidan qui réagit aussitôt. Napoléon, prends le tien aussi !

Telle une sentinelle vigilante, le grand mâle embusqué à l'entrée du temple s'est redressé en sursaut. Il demeure-là un moment, dissimulé dans ce mariage entre la pierre et le végétal, à étudier les manœuvres des hommes. Tout en souplesse, il saute sur un encorbellement en contrebas et se glisse entre les racines qui masquent le perron. Sa silhouette se coule derrière les éboulis.

De son côté, hissé en haut de sa racine, Koumal a repris son observation à travers la fissure du mur. À côté, dressée sur ses pattes arrière, la tigresse scrute elle aussi les hommes par une fenêtre percée dans la muraille. Elle voit l'un des chiens les guider en direction de l'entrée. Elle se laisse retomber sur le sol de la chapelle et, troublée, reste un instant indécise sur l'attitude à adopter. Comme à son habitude, Sangha se précipite vers elle, tremblant de peur. Une nouvelle feuille collée à sa patte rend sa marche difficile parmi les moellons et les débris répandus au sol. Sentant le péril approcher, la tigresse le saisit par la peau du cou et bondit à la verticale vers une corniche, avant de disparaître à l'intérieur d'un tunnel obscur.

Surpris par la réaction de sa mère, Koumal, laissé en retrait, redescend de son perchoir et tente vaillamment d'escalader à son tour le mur pour la suivre. Peine perdue. Assis au milieu de la chapelle, la solitude qui l'écrase soudain le rend minuscule. Il miaule de toutes ses forces.

— Maaa... Maaa...

Koumal perçoit l'écho déclinant des pas de sa mère qui s'éloigne au galop, tandis que les hommes – Aidan en tête et Napoléon juste derrière lui – pénètrent maintenant sous l'arbre-pieuvre qui enserre le portail. Le chien, guidé par la forte odeur des fauves, ouvre le chemin aux hommes. De part et d'autre de la grande statue de Vishnu le Créateur, deux galeries s'offrent à eux. Napoléon prend celle de gauche. Aidan s'engage dans l'autre et progresse avec la vigilance du chasseur averti, à l'affût du moindre bruit. Il respire les odeurs, inspecte les traces au sol et rend sa marche aussi souple et silencieuse que possible. Comme il l'a toujours fait, il adopte le comportement de la bête qu'il traque et s'efforce de penser comme elle. À cet instant, il n'est plus vraiment un homme, mais un prédateur en maraude.

À l'extérieur, la tigresse, qui porte Sangha entre ses crocs, réussit à s'enfuir dans les broussailles. En quelques bonds, elle disparaît de la vue des hommes lancés à sa poursuite. Verlaine scrute encore les herbes pendant un moment, puis décide d'en rester là.

— On retourne au temple ! lance-t-il à ses compagnons.

Blotti au fond de la tanière, Koumal entend les pas des hommes qui se rapprochent. Poussant des miaulements de frayeur, il se réfugie dans une petite alcôve où il recule à mesure qu'il aperçoit l'ombre du métis grandir sur la paroi en pierre. Napoléon repère tout de suite le chaton. Tout en se dirigeant vers lui, il garde son fusil en joue, inquiet de savoir si le jeune tigre est accompagné par un adulte. Koumal terrorisé, tente une nouvelle fois de sauter pour atteindre la corniche quand un rauquement formidable fait soudain trembler la ruine.

Ce cri puissant surprend autant le jeune tigre que Napoléon. Le grand mâle s'est avancé. Massif, fort de la puissance de son espèce, il gronde et sa queue fouette vivement l'air. C'est au tour de l'homme de se sentir anéanti par une peur insoutenable. À peine a-t-il le temps d'esquisser un geste de recul que déjà le mâle bondit de derrière les éboulis et, en un éclair, plante ses griffes dans la chair de ses épaules. Koumal, qui a cessé de geindre, ressent le soulagement que tout petit peut éprouver en voyant un adulte hérissé de colère venir à son secours. La présence de son père lui redonne du courage. Mais, soudain, il distingue une autre ombre verticale sur le mur et l'angoisse l'étreint à nouveau. Il suit chacun des gestes d'Aidan Mc Rory. Il le regarde épauler sa carabine, puis presser son doigt sur la détente et voit au même instant le grand mâle s'affaisser lourdement sur le sol. Il ne comprend pas tout de suite pourquoi son père ne se relève pas pour combattre les hommes qui, à présent, accourent de toute part. Rien de ce qu'il souhaite ne se produit et sa perception des choses en est bouleversée. Koumal vient de saisir à jamais le rapport entre le pouvoir des fusils et ce drôle d'engourdissement qui saisit les corps. Aidan se précipite auprès de Napoléon ensanglanté.

— Il t'a eu où ?

— Juste à l'épaule, gémit l'autre.

Aidan tire son mouchoir de sa poche pour lui faire un garrot.

— C'est combien la prime ici pour un tigre ? demande Aidan.

— Cent cinquante piastres.

— Je veillerai à ce que ce soit toi qui la touches.

Aidan ordonne qu'on emporte Napoléon hors du temple et désigne le cadavre du tigre.

— Emportez-moi ça ! ajoute-t-il en sortant.

Koumal se recroqueville du mieux qu'il peut pour se dissimuler entre les moellons où il s'est glissé, caché par la dépouille du grand tigre qui fait office de rempart. Il tremble à l'approche des voix. Lorsque les hommes soulèvent avec effort la lourde carcasse de son père, son cœur cogne à se rompre. Aidan le découvre et s'approche. Koumal sent la rage envahir tout son corps, et bien qu'il n'ose rien tenter à l'encontre de l'homme, il sait déjà qu'il n'a pas l'intention de se soumettre.

6

Le soleil est déjà haut quand le convoi s'en retourne sur l'antique chaussée tracée au cœur de la jungle. Abandonnant derrière eux la cité perdue, les hommes et les chariots ploient sous la charge des trésors qu'ils ont dérobés au temple. Ils se déplacent au rythme nonchalant des buffles d'eau et du pachyderme. Les sculptures avoisinent la dépouille du grand tigre, suspendue par les pattes autour d'un bambou. Sa tête dodeline dans le vide, son pelage moiré brille dans la lumière, et le sang séché sur sa fourrure forme une tache sombre qui attire les mouches. Ballotté dans la même position, Napoléon se plaint de la douleur et de l'inconfort. Installé à l'avant du chariot, Aidan ne prête attention ni à ses lamentations, ni à celles de Koumal, enfermé dans une cage en osier posée derrière lui. Fou de colère, le jeune tigre cherche à dévorer le bois qui l'emprisonne pour s'échapper.

*
* *

Sous un soleil plombé et une chaleur moite, le voyage s'éternise. À présent tout semble immobile, pas même un souffle de vent n'agite les feuilles des arbres. On entend parfois le clapotis d'un ruisseau perdu derrière l'épaisse végétation et le tumulte plus lointain d'un fleuve. Les hommes transpirent, harcelés par les insectes ; les bêtes de bât, silencieuses, progressent lentement.

Au bout de plusieurs heures de marche, Aidan ordonne une halte. Quelques hommes en profitent pour asperger d'eau la peau fragile et desséchée des buffles, d'autres désaltèrent l'éléphant avec le lait de plusieurs noix de coco fraîchement fendues.

Aidan Mc Rory demande à Verlaine de lui apporter le jeune tigre, auquel il est temps de donner à boire. Le chasseur a concocté pour lui une préparation à base de bonbons au miel mélangés à l'eau de sa gourde. L'aide empoigne le petit animal récalcitrant par la peau du cou et, pour éviter ses griffes, le transporte à bout de bras jusqu'à son patron. Aidan le réceptionne et le soulève en l'air.

— Je te préviens que si tu me mords, je te mords à mon tour, plaisante-t-il. Tiens, bois un peu, ça te plaira.

Il le bloque ensuite sous son bras gauche, puis il approche la gourde de sa gueule. Mais celle-ci ne rencontre aucun succès auprès du bébé. En désespoir de cause, Aidan lui montre alors comment boire en portant à son tour le liquide à sa bouche.

— Regarde, c'est bon, lui dit-il en essayant de le convaincre. Allez, un petit peu plus. Tu ne peux pas faire la guerre au monde entier, tu sais !

Koumal se débat avec vigueur sur les genoux d'Aidan dont les mains, larges comme des battoirs, continuent de le maintenir fermement. Puis, le petit tigre sent les doigts de l'homme lui gratter le menton et le cou, frotter avec entêtement la ligne de son dos. La sensation n'est pas désagréable, mais il a décidé de dédaigner la douceur. Une méfiance instinctive, l'héritage d'innombrables générations de tigres sauvages, l'oblige à refuser de faire acte d'allégeance. À la manière de sa mère en colère, il plisse son museau en grondant aussi farouchement que possible. Des rides se dessinent alors jusqu'à ses yeux et lui donnent un air tellement comique, que le chasseur en rit de bon cœur. Koumal, vexé, est déterminé à résister tout le temps qu'il faudra. Pourtant, plus les minutes s'écoulent, plus son audace perd de sa vivacité : il est épuisé.

Il ne crie bientôt plus et toute son attention est à présent fixée sur cette horrible sensation de faim et de soif qui tenaille ses entrailles et brûle sa gorge. Il sent son ardeur combative retomber et, au bout du compte, accepte de lécher puis tête même les doigts du chasseur.

— Alors, tu vas me rendre ma main ou je vais devoir y renoncer ?! Tu crois que tu vas la garder pour toujours ? C'est ce que tu crois, hein ? Ça te plaît, on dirait. Et ça, tu veux en goûter un ?

Aidan approche de son museau un bonbon qu'il vient de sortir d'une boîte en fer. D'abord prudent, le petit tigre lèche la friandise du bout de la langue, puis avec enthousiasme à mesure que la gourmandise réveille sa faim.

— Je me doutais bien que tu aimerais ça ! Ils sont bons, hein ?

Le convoi s'est remis en marche, mais le chasseur a gardé le jeune tigre sur ses genoux et opère une nouvelle tentative avec la gourde. Koumal s'inquiète puis, voyant qu'il ne cherche pas à le faire souffrir, goûte l'eau au bon goût de miel. Il ne lui faut pas longtemps pour se mettre à boire avec avidité. Curieusement, il ne perçoit plus du tout les mains qui l'emprisonnent comme des ennemies mais éprouve, au contraire, une étrange sensation de bien-être. Sans en comprendre le sens, il entend les mots que le chasseur prononce et ne décèle dans sa voix aucune hostilité. Quand Aidan pose sa main sur sa tête pour le caresser, Koumal se raidit mais ne râle pas. Blotti contre sa poitrine, une douce sensation l'enveloppe et le sécurise. Elle est différente de celle qu'il a éprouvée jusque-là auprès de sa mère, mais elle l'entraîne pourtant dans une douce béatitude. Le chasseur, attendri par tant de fragilité et de drôlerie, sourit et s'étonne de l'affection soudaine qui monte en lui. Les hommes et les bêtes s'enfoncent encore dans la forêt, bien au-delà du territoire de la tigresse.

Bercé par les cahots du chariot, Koumal a du mal à résister et ses paupières se ferment. Tout contre l'homme, il finit par s'assoupir. Dans un demi-sommeil, il se met à ronronner paisiblement, sa tête reposant contre la crosse de la carabine. C'est la première fois depuis sa capture que tous les muscles de son corps se détendent. Aidan n'ose plus bouger.

Hélas, la douce quiétude n'est que de courte durée car Koumal est bientôt réveillé par les cris d'une foule en liesse. Dès que la caravane émerge de la forêt, des villageois occupés dans les rizières abandonnent leurs travaux et leurs outils pour se précipiter le long du chemin. Le jeune tigre ouvre ses grands yeux bleus. Il voit des hommes qui accourent de partout comme des fourmis. Il ne comprend pas pourquoi ils entourent la dépouille du grand tigre en s'agitant et en criant si fort. Battant des mains, les villageois saluent et acclament le chasseur blanc héroïque qui a eu raison du fauve, celui qui vient débarrasser la jungle du danger que représentent les tigres. Ils l'accompagnent jusqu'au centre du village en faisant une haie d'honneur à la file de chariots brinquebalants. Une vingtaine de maisons en bois, recouvertes de bambous et construites sur des pilotis, sont disposées en cercle. Hérissés ici et là, quelques maigres palmiers projettent leurs ombres sur un sol brûlé par le soleil. Les hommes sont si nombreux, si bruyants, et Koumal se sent si petit... Au bout d'un moment, constatant que leurs intentions à son égard ne sont pas mauvaises, le petit tigre commence à s'habituer à ce tintamarre qui jusqu'à présent fatiguait ses sens et le désorientait. Il s'étonne à nouveau de trouver en l'homme blanc une présence rassurante. D'instinct, il comprend qu'il est crucial pour sa survie de demeurer à ses côtés.

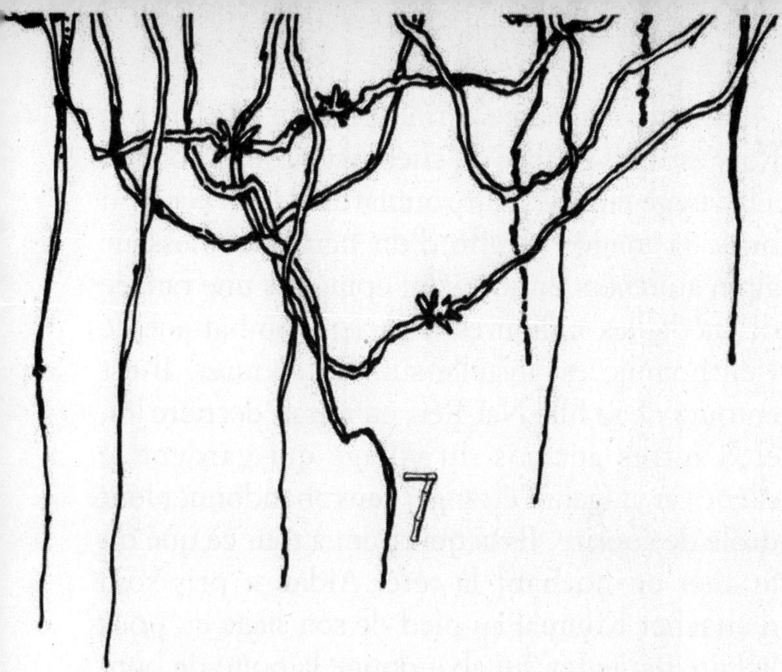

7

— Au nom des villageois, mon père, le chef, te remercie d'avoir tué le tigre, explique à Aidan une jeune villageoise d'une vingtaine d'années.

D'apparence délicate, presque fragile, elle s'aide d'un vieux cahier d'écolier pour trouver les mots qui lui manquent. Elle formule ses phrases avec application et cherche à voir dans le regard du chasseur s'il comprend.

— Les tigres amènent la mort. Ils tuent nos buffles, nos poules et notre peuple. Nous t'honorons pour la mort de notre ennemi, ajoute-t-elle.

Au premier étage d'une paillote, Aidan Mc Rory est assis en face du chef du village. L'homme a le visage émacié, l'air roublard et deux yeux où brille la malice. Coiffé d'un béret de chasseur alpin au revers duquel sont épinglées une rangée de médailles militaires d'ancien combattant, le vieil homme est installé sur un tabouret. Il est entouré de sa fille Naï-Réa, en retrait derrière lui, et d'autres anciens du village qui gardent le silence et jaugent l'étranger sans abandonner leur drôle de sourire. Ils acquiescent à tout ce que dit le chef en hochant la tête. Aidan a pris soin d'attacher Koumal au pied de son siège et, pour le faire patienter, lui abandonne la boîte de bonbons en guise de jouet.

— Après toute l'aide qu'il m'a apportée, je suis content de pouvoir lui rendre service. Dis à ton père, le chef, que je reviendrai après la mousson pour d'autres statues, annonce Aidan. Je ferai à nouveau appel à ses services. Bien entendu, d'ici-là, je compte sur son amitié et sa discrétion.

— Que signifie « amitié » ? demande le chef à sa fille.

— Il te remercie pour ton amitié, lui assure Naï-Réa.

L'air entendu, le chef acquiesce et sourit,

découvrant au passage une incroyable rangée de dents noircies. Sans cesser de scruter Aidan, il crache un long jet de salive rougie par sa chique de bétel, avant d'énoncer quelques mots, que la jeune Annamite s'empresse de traduire.

— Le chef dit : « La discrétion est la vertu des Asiatiques. »

— Oui, bien sûr, répond Aidan. Pour le remercier de son aide, dis à ton père que je lui fais don de la peau du tigre.

— Papa, une peau de tigre, dit la jeune femme en se tournant vers son père.

— Je préférerais le tigre vivant, répond-il en désignant Koumal du menton.

Aidan contemple la jeune femme. Elle est discrète et plutôt jolie. La robe austère en cotonnade qu'elle porte accentue son air sérieux et dans son regard transparaît la farouche volonté qu'elle met à trouver les mots justes. Sur le plancher, Koumal s'acharne sur la boîte en fer dont il veut ouvrir le couvercle afin de croquer les bonbons. Ce nouveau défi l'enhardit et lui fait oublier un moment les émotions fortes des heures précédentes. Tout à son affaire, il ne prête évidemment aucune attention aux yeux avides du vieux chef qui se posent sur lui.

— Le chef dit : « Je préfère le garder vivant », traduit Naï-Réa.

— Non, je parlais du tigre adulte, celui qui est mort ! proteste Aidan.

La jeune femme baisse la tête. Elle a ressenti le trouble chez l'Anglais.

— Papa, il veut dire le grand tigre.

— Donnez-moi la peau du grand tigre et le bébé tigre. Comme ça, j'ai les deux. Fantastique ! rétorque le chef hilare.

Tout entière dévouée à sa mission, la jeune femme rapporte les propos de son père avec application.

— Le chef dit : « Celui qui est mort est accepté aussi. Il vous remercie pour les deux tigres. »

— Non, je crains qu'il ait mal compris, objecte Aidan, c'est...

Le bruit d'un moteur interrompt la conversation. Une voiture noire et un camion militaire viennent de stationner en contrebas, sur la place du village. Un jeune sous-officier descend solennellement de l'automobile et s'avance, entouré d'artilleurs en vareuses de toile kaki. Cette surprenante visite laisse présager une affaire d'importance. C'est aussi la première pensée qui traverse l'esprit d'Aidan. Les choses se précisent lorsqu'il voit le militaire se diriger tout droit vers l'une des charrettes du convoi, pour en examiner le contenu. Sans plus attendre, Aidan abandonne Koumal, attaché au tabouret, pour aller au-devant du gradé.

— Puis je vous aider capitaine ? demande-t-il poliment.

Le sergent est un homme conscient de l'importance de ses responsabilités. En somme, il est l'exemple parfait de l'officier modèle, efficace et intègre.

— Sergent Van Tranh, deuxième compagnie de tirailleurs, rectifie-t-il en se mettant au garde-à-vous.

Aidan fait mine de s'excuser sans se départir de son assurance naturelle. Imperméable à sa bonne humeur, qu'il considère davantage comme de l'insolence, le sergent soutient son regard et lève les sourcils en signe d'interrogation.

— Que vois-je là ? finit-il par demander.

— Un citoyen britannique en tenue de safari ! dit Aidan sur le ton de la plaisanterie.

— Je vois des statues sacrées volées dans les temples !

— Vraiment ? Hmm... Je dirais plutôt des blocs de roche trouvés dans la forêt.

Le sergent perçoit bien la provocation qu'il y a dans l'attitude d'Aidan. En réaction, la sévérité fige de plus en plus ses traits.

— Dans ce cas..., dit-il.

En tant que chasseur, Aidan a appris à détailler les comportements de chaque être vivant, homme ou animal, tout en contrôlant ses émotions. Il sait analyser rapidement n'importe quelle situation et réagir en conséquence. À l'instant, il vient de prendre conscience que discuter avec le militaire risque d'envenimer la situation. Pour autant, le sergent semble avoir déjà pris sa décision. En effet, celui-ci fouille à l'intérieur de sa tunique pour en extirper un code pénal qu'il feuillette avant de débiter les références d'un texte :

— En vertu de l'alinéa 12 de l'article 211 de la loi sur les ressources minières, relatif à l'exploitation illicite des carrières de pierre, je vous demanderai de me tendre vos mains, énonce-t-il.

Aidan en reste bouche bée. Autour d'eux, un attroupement s'est formé. Les villageois voient les menottes qui se referment sur les poignets de celui qu'ils considèrent comme un héros pour avoir vaincu le grand tigre. L'incompréhension se lit sur leurs visages.

— Suivez-moi, ordonne le sergent.

Intrigué par les bruits de voix, Koumal sort à son tour à l'extérieur de la paillote et apparaît en haut du perron. Il voit Aidan entouré par les soldats et son intention première est de courir le retrouver. Seulement, les marches lui apparaissent beaucoup trop hautes pour être descendues à vive allure. Sa témérité a des limites, il s'attaque donc aux premières avec une extrême lenteur. Et le tabouret qu'il traîne à sa suite ne fait bien sûr qu'ajouter à la difficulté ! Il poursuit cependant sa descente, mû par une force mystérieuse qui lui commande de ne pas quitter cet homme. Koumal part à l'assaut de la troisième marche quand, soudain, le tabouret bascule dans l'escalier et le dépasse, l'entraînant jusqu'aux pieds de la maison.

Sur la place du village, le sergent invite Aidan, qui n'offre aucune résistance, à prendre place à l'intérieur du camion. Avant de monter, le prisonnier se retourne et ses yeux se portent naturellement sur le petit tigre qu'il voit tirer de toutes ses forces sur la corde pour le rejoindre. À l'autre bout, le chef le retient d'une main ferme et l'empêche de fuir. Le chasseur aguerri qu'est Aidan ressent à cet instant un mélange de culpabilité et de tristesse à devoir abandonner le petit félin à son triste sort. L'Anglais se dit que les hommes vont probablement, par sa faute, devenir le fléau de la vie de Koumal.

Claudiquant sur ses béquilles, un villageois s'approche de lui et le tire de ses pensées. Il lui tend révérencieusement une chaîne avec une médaille en guise d'offrande. La nature du présent et la manière dont l'homme s'incline, les mains jointes, l'étonnent.

— Un tigre a mangé sa jambe, l'éclaire Naï-Réa, il l'a presque tué.

— Allez, décampe ! fait l'officier à l'adresse de l'homme handicapé.

— Il t'offre ce collier pour te remercier, en signe de gratitude, poursuit Naï-Réa. Il te portera chance.

— Je pourrais bien en avoir besoin.

Sur ces mots, Aidan grimpe à l'arrière du véhicule sous bonne escorte. La cervelle de Koumal enregistre chaque élément de la scène. Il voit le sergent qui referme la portière sur Aidan, puis la voiture qui s'éloigne dans un nuage de fumée. Il veut s'élancer à sa poursuite, s'étrangle à moitié avec la corde qui lui enserre le cou, et retombe dans la poussière. Il a saisi la différence entre la main qui le retient à l'instant, ferme et brutale, et celle, apaisante, du chasseur. Aujourd'hui, il aura appris à se méfier des mains humaines ! Les hommes sont comme les tigres, pas un ne se ressemble et tous sont imprévisibles.

Quand il se remet sur ses pattes, il est vexé et sanglote. La tête basse, le museau touchant presque terre, il voit les bottes du sergent s'arrêter devant les brodequins du chef. Au-dessus de sa tête, le sergent Van Trahn sort une liasse de billets enveloppés dans du papier qu'il tend au chef.

— L'administrateur te remercie pour le renseignement. Nous devons mettre la main sur ces pilleurs de temples, conclut-il.

Le chef la prend, son visage ridé affichant la plus grande joie. Il ôte son béret, au fond duquel il place son magot, avant de se recoiffer, faisant tinter ses médailles au passage.

— C'est à ses présents qu'on reconnaît son seigneur, dit-il en inclinant malicieusement la tête.

Aux pieds du chef, Koumal garde son regard tourné dans la direction de la voiture noire. Il pousse un long gémissement. Il est comme paralysé, pitoyable petit tigre abandonné, une fois encore.

8

La nuit est tombée, mais le ciel lumineux donne à la végétation une brillance et une clarté presque surnaturelles. À l'étage de la véranda, le petit tigre est attaché à une lourde chaîne en fer. Décidément, il n'aime rien de cette vie chez les hommes. Toute la journée, d'autres créatures à deux jambes l'ont côtoyé. Elles se sont moquées de lui, l'ont ignoré ou bousculé. Ce soir, son moral est au plus bas. La puissante odeur de la forêt lui rappelle sa liberté perdue, la tanière, la présence réconfortante de sa mère et les jeux partagés avec son frère Sangha. Alors, tourné vers la jungle où se trouve sa demeure, il pleure. C'est tout ce qu'il sait faire à présent. Il pleure à n'en plus finir et ses plaintes semblent ne plus devoir cesser.

— Aou... Aouou... Aou..., gémit-il.

Dans la pièce attenante, indifférent à sa souffrance, le chef du village compte et recompte ses billets à la lueur d'une lampe à huile tandis que là-bas, sous la pâle clarté de la lune, la tigresse et Sangha écoutent les appels lointains de Koumal. La femelle renifle le sol du sentier emprunté le matin même par les hommes. Planté au milieu des profondes ornières laissées par leurs chariots, Sangha gémit lui aussi en entendant les plaintes de son jumeau qui lui arrivent, portées par le vent. Un nouvel appel décide sa mère à lui répondre avec toute la puissance de ses poumons.

— Aooum !

N'y tenant plus, la tigresse s'élance, suivie de Sangha. Ensemble, ils franchissent le pont antique en pierre, bordé de ses dix-huit bouddhas, éternels gardiens d'un autre âge. Sa détermination est telle que rien ne peut l'arrêter dans sa course.

Le chef est alerté par le raffut causé par Koumal, qui saute ardemment d'un côté à l'autre du balcon, en tirant sur sa chaîne. Le jeune tigre a entendu la réponse de sa mère, la seule créature au monde à prendre soin de lui, et sa présence réveille en lui espoir et vigueur.

Pris d'un élan héroïque, le chef du village sonne à tue-tête dans son clairon auquel est accroché le fanion du 11e régiment de chasseurs alpins. Habitués à l'intrusion de tigres affamés sur leur territoire, les villageois alertés réagissent sans plus attendre. Tous sortent de leurs paillotes armés jusqu'aux dents. Une famille quitte précipitamment sa maison, chacun portant une arme improvisée : une fourche en bois pour la mère, un tisonnier pour le fils, tandis que le père brandit une machette. D'autres familles se joignent à eux, qui avec une pique, qui avec un râteau...

Tous se dirigent vers la forêt d'où proviennent les rauquements du félin. Napoléon, accompagné de son chien et l'épaule bandée, suit difficilement la troupe. Il se sert de son fusil comme d'une cane.

Sangha est resté en arrière, dissimulé dans les broussailles en lisière de la forêt. Il regarde sa mère prendre de la distance et s'aventurer à découvert, d'une foulée souple, au milieu des rizières fraîchement coupées. Oubliant sa prudence coutumière, elle progresse vers la ligne des paillotes qui se découpent sur le ciel. Soudain, la femelle s'arrête net. Les villageois ont enflammé des bouquets de roseaux trempés dans de l'huile et, les tenant à la main, ils avancent face à elle, formant une ligne de feu dont la menace la fait gronder et amorcer un mouvement de repli. À leurs cris assourdissants s'ajoute un effrayant tintamarre de casseroles, de gongs et de chaudrons. Dressé contre les barreaux de la balustrade, Koumal voit l'hésitation de sa mère lorsque les hommes jettent sur elle des torches enflammées, puis sa fuite dans la jungle après le coup de carabine du métis au bicorne.

Dans son effort désespéré pour la rejoindre, le petit tigre passe à travers les barreaux – dont l'un se brise – et bascule dans le vide pour finir au milieu d'un poulailler. Un long moment, il reste sonné alors qu'autour de lui la volaille bat des ailes et pousse des cris perçants dans un nuage de plumes et de poussière. Après la douleur, Koumal connaît la honte, un sentiment qui creuse en lui un nouveau vide.

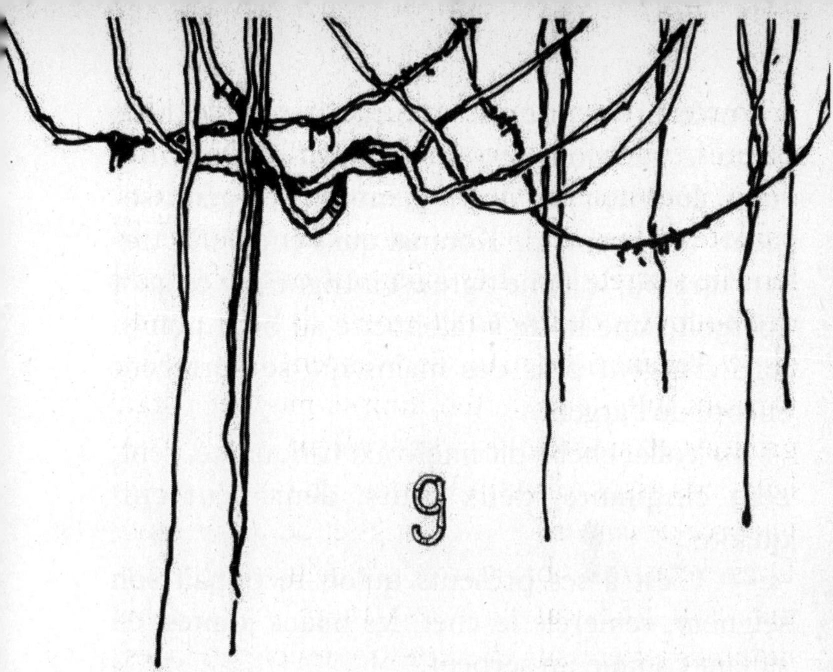

9

Le soleil est à son zénith. Silencieuse, allongée tel un sphinx, la tigresse est réfugiée à l'ombre d'un taillis depuis plusieurs heures. Sa queue bat nerveusement d'un côté à l'autre et vient claquer contre le sol, entraînant Sangha dans une folle sarabande pour tenter de l'attraper. Imperturbable, les naseaux dilatés, la femelle ne quitte pas des yeux la paillote où est retenu Koumal, ni le camion rouge qui, depuis peu, s'est arrêté devant. Elle n'a toujours pas renoncé.

Posée au sol, une caisse en bois percée de trous porte la mention « Savon Le Chat ». De l'intérieur émanent les grattements et les gémissements impatients de Koumal qui s'énerve. À travers un trou, le jeune tigre est intrigué par ce qu'il aperçoit : une botte à talonnette au bout pointu serti d'argent puis des mains qui se partagent encore de l'argent.

— Voilà, chef ! dit une voix. Cinquante, cent, cent cinquante, deux cents, deux cent cinquante !

— C'est à ses présents qu'on reconnaît son seigneur, remercie le chef, les mains jointes, en sifflant comme un serpent.

Sur quoi, Koumal sent sa prison quitter la terre et retomber brutalement. Il entend tout de suite après le moteur d'un camion et se met à tressauter au rythme des trépidations de l'engin. Ombres et lumières défilent à travers les trous. Koumal, toutes griffes dehors, tente de se maintenir debout, ballotté par les cahots du véhicule qui roule à présent sur la piste défoncée.

Dressé sur ses pattes arrière, calées contre la paroi de la caisse, il aperçoit bientôt sa mère à l'extérieur. En contrebas des rizières, elle vient de surgir, lancée à toute allure à la poursuite du véhicule. Il la voit gagner du terrain, et plus elle se rapproche, plus son excitation grandit. Il en oublie la sensation de brûlure dans ses yeux, provoquée par la poussière de latérite rouge qui pénètre dans sa prison de bois.

Parvenue à hauteur du véhicule, la tigresse bondit sur le plateau arrière et agrippe aussitôt avec ses pattes la caisse arrimée par des cordes. L'énergie qu'elle met dans son combat est terrible. De ses griffes et de ses dents, elle tente de sectionner les liens, d'agrandir les trous, de disjoindre les planches. Koumal est aussi déchaîné qu'elle. Le petit tigre miaule, grogne, gratte, mord le bois, cherche à aider sa mère pour se libérer.

Mais, le miroir fêlé du rétroviseur révèle rapidement la scène au conducteur. Pris de panique, les mains crispées sur le volant et le pied appuyé à fond sur la pédale de l'accélérateur, l'homme donne alors de violents coups de volant, tantôt à droite, tantôt à gauche, pour se débarrasser du fauve. Le véhicule lancé à toute vitesse rebondit et pivote dans un épouvantable bruit de moteur. C'est sans compter sur l'obstination de la femelle, pleine d'audace, qui, cramponnée, continue à s'acharner sur le caisson. D'un brusque coup de volant, le conducteur lui fait pourtant perdre l'équilibre. Elle réussit cependant à se rétablir à l'aide d'un puissant coup de reins et tente de s'accrocher. Mais, déséquilibrée par une nouvelle embardée du camion, elle finit par lâcher prise, au grand désespoir de Koumal.

Tout est rapide et confus. Le petit contemple la silhouette de sa mère qui, couchée sur la route, vient d'abandonner la partie. Elle se relève, vaincue et haletante. Sonnée par sa chute, elle titube un peu alors que la distance s'accroît entre eux. Le camion roule toujours à tombeau ouvert et, bientôt, Koumal ne voit plus rien, seulement la poussière de la piste qui tourbillonne et envahit une fois de plus l'intérieur de la caisse.

Sur le chemin, Sangha hors d'haleine a rejoint la tigresse. Il comprend que sa mère a échoué. Défaits et tremblants, ils s'assoient côte à côte sur la piste bordée d'arbres et scrutent le nuage de terre rouge qui se dissipe lentement.

*

* *

Le voyage n'en finit pas pour Koumal, et le sentiment d'abandon, mêlé à la peur et à la fatigue, est tel qu'il s'endort, épuisé. Au bout d'un moment, les cris bruyants d'un canard le forcent à ouvrir les yeux. À quelques centimètres de son museau, il voit un bec orangé entrer et sortir en jacassant d'un des trous de la caisse. D'abord effrayé, Koumal fait un bond en arrière. Il ne comprend pas tout de suite de quoi il s'agit. Lorsque enfin il identifie le volatile, dont il a déjà vu quelques spécimens sauvages dans la nature, il se demande pourquoi l'oiseau a la tête en bas. Derrière lui, d'autres becs s'introduisent dans la caisse de la même manière, apparaissant puis disparaissant.

Tout cela lui semble bien étrange. Koumal analyse toutes les situations que la vie lui impose. Il sait par nature que c'est à cette seule condition qu'il peut agir et réagir le plus judicieusement possible. Aussi, plutôt que de se replier sur lui-même et subir, il s'avance et observe ce qui se passe à l'extérieur. Il découvre que le canard en question est entouré d'autres congénères, une bonne demi-douzaine. Ils sont tous suspendus par les pattes aux extrémités d'un bambou que porte sur ses épaules un paysan à vélo. Koumal s'étonne : l'homme peut donc disposer des animaux à sa guise jusqu'à renverser la tête des oiseaux à l'envers !

La cohue qui anime la rue principale de cette grouillante petite ville de province le surprend tout autant. Ici, les maisons sont immenses et le bruit infernal. Les gens portent les mêmes couleurs éclatantes que les oiseaux et les papillons de la forêt. C'est la seule chose qui réconforte Koumal. Tout le reste l'effraie. Les rues sont jalonnées d'obstacles, d'étals, de véhicules tonitruants et de bêtes de somme soumises. La foule ne cesse de grouiller, au point qu'il est difficile de s'y frayer un chemin.

À chaque fois que le camion s'arrête, l'homme à vélo manque de le percuter. Il a beau freiner en frottant son pied nu sur le pneu avant de sa bicyclette, rien n'empêche la grappe de canards de heurter la caisse de Koumal.

Le périple infernal du jeune félin se poursuit dans ces conditions sans que rien vienne tempérer ses angoisses. Il est bien loin d'imaginer que sa route vient de croiser, une fois de plus, celle du seul homme en qui il a confiance.

En effet, de l'autre côté de la rue, des tirailleurs en faction gardent les chariots chargés des statues qu'Aidan Mc Rory a dérobées dans le temple. Ils sont garés devant les murs blancs d'une prison.

10

Ornée d'un petit drapeau fiché sur son capot en guise de fanion, une voiture officielle se gare lentement devant l'établissement pénitencier. Lorsque la portière s'ouvre, les tirailleurs, serrés en rang d'oignon, se mettent au garde-à-vous devant l'Européen costaud qui en descend : Eugène Normandin. Celui-ci, sanglé dans un costume immaculé à la finition impeccable, transpire abondamment, probablement à cause de son embonpoint. Son menton est large et gras et ses yeux, petits et malins, contrastent avec un nez fort.

Sans perdre de temps, l'homme interroge le sergent Van Tranh après l'avoir rapidement salué d'un signe de la main.

— Vous l'avez mis où ?

— Dans la cellule commune, monsieur l'administrateur, répond révérencieusement le sergent.

— Parfait... Parfait.

Près du camion, Normandin soulève la bâche et jette un coup d'œil aux statues, tout en épongeant avec un mouchoir son visage et sa nuque mouillés de sueur.

— Et qu'est-ce qu'il a eu à manger ? demande-t-il en se tournant à nouveau vers Van Tranh.

— De la soupe mais il n'y a pas touché.

— Parfait. Et vous lui avez bien retiré ses lacets ?

— Nous avons fait tout ce que vous aviez demandé, monsieur l'administrateur.

— Splendide !

Aidan est assis sur un banc en pierre dans la cellule commune éclairée par un pâle rai de lumière. Une barbe de plusieurs jours lui mange la figure et il se gratte furieusement la poitrine et les bras. Il est entouré d'autres prisonniers, des voleurs de poules édentés qui mâchonnent leur chique de bétel tout en s'épouillant.

Pour divertir son esprit, le chasseur se concentre sur tout et rien à la fois : le sol, ses chaussures, la saleté collée au mur en face de lui. Parfois, il pose sa tête dans le creux de sa main, le coude sur son genou, comme les enfants qui boudent. Il désespère de quitter cet endroit insalubre et se demande quand et comment il va bien pouvoir en sortir. Il s'étonne encore d'y avoir été conduit, ne se sentant coupable d'aucun délit. Dans le couloir, des bruits de pas pressés et des éclats de voix lui font tendre l'oreille. Sans savoir pourquoi, il a tout de suite l'intuition que cette visite lui est destinée. Il ne masque pourtant pas sa surprise lorsqu'il voit se précipiter sur lui un Européen bien en chair, les bras levés au ciel, l'air faussement contrit.

— Je n'y crois pas ! Aidan Mc Rory, le célèbre Aidan Mc Rory, répète-t-il embarrassé. Quelle tragique méprise ! Pourquoi ne m'a-t-on pas prévenu ? Ouvrez ! Pardonnez-moi, je suis Eugène Normandin, l'administrateur du district... Enchanté.

D'un geste amical, Normandin saisit le bras d'Aidan à travers les barreaux. Puis, se retournant vers Van Tranh, il lui adresse un hochement de tête autoritaire.

— C'est absurde ! Ouvrez ! Aidan Mc Rory dans cet atroce endroit ! Mon fils connaît tous vos livres par cœur : *Mes chasses au lion*, *Sur la piste de l'ivoire*, *Mes années au Kenya...* Ma femme aussi ! C'est elle qui les lui lit...

Obéissant, le sergent déverrouille lentement la cellule et, sans un mot, fait sortir Aidan. Normandin baisse rapidement les yeux, puis relève la tête et lance un regard furieux au militaire, que la complicité dans cette affaire rend impassible.

— Ne me dites pas, en plus, que vous lui avez enlevé ses lacets ? ! Mais quel imbécile ! renchérit-il, tout à sa comédie.

Aidan se laisse entraîner à l'extérieur de la prison. Il ne parle pas mais observe l'administrateur : ses ongles propres et bien taillés, ses airs malicieux de bon vivant, son flot de paroles incessant, et ce bras entourant fraternellement ses épaules. Que peut bien cacher toute cette sollicitude ?

— Faites attention la prochaine fois ! s'exclame Normandin à l'adresse d'Aidan. Vous savez que cette plaisanterie peut vous valoir...

Il s'interrompt subitement et se tourne vers le sergent Van Tranh.

— Trois ans de prison, répond le militaire avec autorité.

— Pour vos statues, reprend Normandin, je vais en prélever deux ou trois pour la bonne forme. On les enverra en métropole pour nos musées de province. Ça fera plaisir à tous ces vieux barbons. Pour le reste, on dira que ce sont vos... « souvenirs de vacances ».

Aidan ne cesse de contempler cet homme au visage rond, plutôt sympathique. Derrière son autorité, sa jovialité naturelle et son contact facile, il perçoit une bonne part de roublardise. Aidan est certes soulagé de sa libération mais reste perplexe. Il a le sentiment que Normandin ne va pas se contenter d'une malheureuse poignée de main en guise de gratitude.

— Alors comme ça, je suis libre ? demande-t-il.

— Vous êtes même libre d'y retourner !

rétorque Normandin sur un ton amusé en montrant la prison.

— Non, non. Je n'y tiens pas du tout. Je ne sais comment vous remercier. J'avais peur d'être coincé ici pendant deux mois et de rater le bateau de demain...

— Demain ? ! s'étonne l'administrateur en jetant un coup d'œil contrarié au sergent.

— Nous ne pouvons pas autoriser le départ de M. Mc Rory, intervient Van Tranh. Pas avant d'avoir rempli quelques formalités.

— Je suis terriblement désolé, dit Normandin en affichant une mine défaite.

— Mais non, ne le soyez pas, reprend Aidan. C'est pour moi un soulagement de pouvoir quitter cet endroit. Je vous en suis reconnaissant, croyez-moi.

— Vraiment ? Vraiment... vraiment, répète inlassablement Normandin. Cela me donne le courage de vous présenter une requête... Un expert en grande chasse de votre renommée, ici, en ce moment, c'est la providence qui vous envoie...

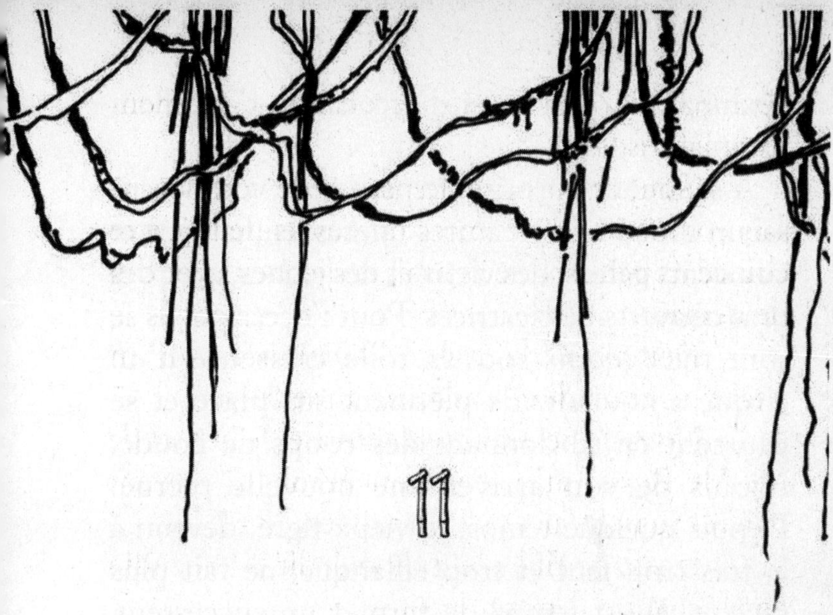

11

Lorsqu'il entend le bruit des planches que l'on décloue, et voit le couvercle se soulever au-dessus de sa tête, Koumal se ratatine au fond de la caisse. Il découvre un visage émacié, moustachu, et à l'épaisse chevelure noire huilée. Dans les yeux de l'homme qui l'empoigne brutalement par la peau du cou brille une étonnante avidité, quelque chose de malsain.

— Mesdames et messieurs... je vous présente le mangeur d'hommes ! hurle le dresseur en l'exhibant. Toi, si tu es d'accord, on t'appellera Koumal.

À sa grande surprise, le petit tigre voit devant lui un groupe de créatures hilares, en haillons et aux dents gâtées, des vieux et des jeunes, avec des bras couverts de cicatrices. Pour l'occasion, ils se sont tous réunis sous la toile crasseuse d'un cirque ambulant. Ils piétinent sur place et se gaussent en se donnant des coups de coude, réjouis de voir arriver une nouvelle recrue. Depuis quelque temps, le vieux tigre, devenu à la fois trop lent et trop efflanqué, ne fait plus recette. Il est temps de former un successeur. Autour de la tribu dépenaillée, des cages rouillées tiennent enfermés des animaux dont les yeux luisent dans l'obscurité. La vie des bêtes semble aussi morne et sinistre que le sont les lieux.

— Moi, c'est Zerbino, directeur du Grand Cirque Zerbino ! crie l'homme à l'attention de Koumal.

La nature n'a pas gâté Zerbino. L'homme est chétif, sec et vif, de petite taille, avec une figure osseuse aux traits grossiers. Affligé d'une bouche énorme, il passe ses journées à hurler ses ordres. Il n'a aucune clémence pour l'animal qui lui résiste et on dirait qu'il se venge de la nature en asservissant ses bêtes. Les mauvaises langues le soupçonnent même d'être devenu dompteur pour compenser ses faiblesses. Zerbino et sa tribu sillonnent ainsi la région. Personne ne sait d'où ils viennent, et nombreux sont ceux qui s'en méfient.

Soudain, l'homme dirige le jeune tigre vers une femme annamite en jupette d'écuyère, enceinte de plusieurs mois. Le jeune tigre réussit vaillamment à contenir sa peur.

— Madame Zerbino, et très bientôt... mon fils, précise-t-il en désignant le ventre rond de sa femme.

À mesure qu'il poursuit les présentations, le dresseur oriente alternativement la tête du tigre en direction de chaque membre de la famille. Un jet enflammé fait soudain sursauter Koumal. Il voit alors émerger de l'ombre le cousin de Zerbino, un hindou bâti comme un Hercule, portant un turban et un pantalon de janissaire défraîchi. Sa grande carcasse supporte une énorme tête – au visage taillé à coups de serpe, au milieu duquel sont plantés deux yeux d'aigle – surmontée de longs cheveux noirs hirsutes. L'homme échange un regard complice avec Mme Zerbino.

— Et voici le cracheur de feu, avaleur de

sabres et terrifiant Saladin, rajoute Zerbino en pinçant les lèvres.

Saladin prend une gorgée d'essence dans sa bouche et souffle un nouveau jet de gouttelettes qu'il enflamme.

Terrorisé par le feu qui jaillit, le jeune tigre a un mouvement de recul. Il se souvient d'avoir vu cette chose vivante, pareille au soleil, auprès du chasseur, dans la cour du temple. Comment cet homme-là est-il capable de la tenir cachée à l'intérieur de lui ? Il perçoit en la personne de Saladin une menace encore plus terrible que Zerbino. D'instinct, il le sent néfaste, aussi dangereux et imprévisible qu'un reptile.

— Où l'as-tu trouvé ? demande Saladin. Au rayon jouets ?

— Il est bien assez féroce, ne t'inquiète pas.

— Voyons un peu.

Koumal voit la main brune de l'hindou s'approcher de son cou. Il tente d'y échapper en reculant. Mais Saladin le saisit sans ménagement. Il inspecte le nouveau venu sous toutes les coutures et resserre sa poigne à mesure que le jeune tigre se débat furieusement. Celui-ci râle et cherche à labourer le visage du cracheur de feu avec sa petite patte. Lorsque l'occasion lui en est donnée, il n'hésite pas à retrousser les babines et à planter ses dents pointues comme des aiguilles dans l'un des doigts de l'homme brutal. Saladin se met à hurler de douleur. Aussitôt, il corrige à coups de poing le jeune animal pour finir par le jeter au fond d'une cage sombre.

— Je t'avais prévenu, lui fait remarquer Zerbino.

— Peut-être mais rappelle-toi : ici, ce ne sont pas les tigres qui font la loi ! gronde Saladin en refermant sur lui la porte dans un fracas de tonnerre.

Le temps que le petit félin, à moitié assommé, se redresse et recouvre ses esprits en piaulant, les hommes se sont déjà éloignés. Le silence, apaisant, est tombé sur la ménagerie et Koumal peut à présent découvrir son nouvel environnement. Des roulottes, de la paille, des fouets et des pics, un triste désordre de vieux objets en tout genre. Une intense émotion le saisit quand il pose son regard sur un vieux tigre allongé dans la cage voisine. Une onde d'espoir et un frisson de plaisir l'envahissent. Prudemment, il s'avance et miaule, tentant ainsi d'attirer l'attention du grand félin, qui lui rappelle son père.

— Mi... miiin...

C'est peine perdue. Koumal voit le vieux tigre apathique se lever et aller se recoucher à l'autre bout de la cage en lui tournant ostensiblement le dos. Il reste un moment silencieux, la frimousse défaite, puis se remet à pleurer, perturbé et inquiet. Mais le vieux, indifférent à son malheur, ne bouge toujours pas. Le petit abandonne alors l'idée de trouver du réconfort auprès de lui. La solitude l'écrase tant qu'il retourne se lover dans une grande bassine disposée à l'intérieur de sa cage. Là, il attrape sa patte et joue un moment avec, comme un enfant s'amuserait avec ses mains ou ses pieds. Il l'abandonne enfin, les yeux dans le vague, étreint par un sentiment confus et triste, qui lui ôte subitement toute ardeur.

12

La forêt bruit de ses rumeurs habituelles. Tout semble normal. La tigresse et son petit déambulent dans la jungle comme à leur habitude. Pourtant, quelque chose d'imperceptible tracasse la femelle, sans qu'elle puisse vraiment identifier l'objet de son inquiétude.

Trois pas en avant, Sangha est en vadrouille et trotte sans prudence, encore malhabile sur ses pattes. Il est à l'affût de tout ce qui bouge, la vie s'étale alentour et tout l'intrigue. Même sans son frère, il lui reste encore beaucoup de choses à apprendre et à comprendre. D'ailleurs, jusqu'où va bien pouvoir l'entraîner ce papillon multicolore qui danse à l'instant sous son nez ? Sangha le poursuit sans ralentir sa course, pas même lorsque l'insecte se pose sur un curieux entrelacs de lianes et de cordes, pour disparaître au moment même où il est prêt à l'atteindre. Têtu, le jeune tigre n'a que faire de ce grand filet tressé de part et d'autre du feuillage. Il passe une patte puis sa petite tête ronde entre les mailles, désirant à tout prix rejoindre les ailes de couleur qui le narguent et s'échappent de l'autre côté. De drôles de cloches à buffles et des casseroles sont suspendues au filet. Elles se mettent à s'entrechoquer et à tinter à mesure qu'il les agite. Le jeu paraît tout de suite plus drôle que la poursuite du papillon. Il s'en amuse, insiste, mordille, tant et si bien qu'il se retrouve bientôt coincé entre deux lais de filet. Emprisonné, l'amusement tourne vite à l'aigre et c'est maintenant la panique qui l'envahit. L'infortuné secoue sa tête dans tous les sens, tire tant qu'il peut et s'aide de ses pattes avant. Plus il essaie de se dégager, plus le vacarme assourdissant résonne dans toute la forêt et lui perce les tympans. Il a l'impression que le ciel va lui tomber sur la tête.

Sa mère arrive à sa rescousse. Interdite, elle estime la situation en un coup d'œil et repère tout de suite la clôture, haute de plusieurs mètres, qui barre perpendiculairement le sentier et s'enfonce dans la jungle. Elle entend au loin des voix humaines qui donnent l'alerte et se rapprochent déjà. Elle ne peut rien faire, sinon encourager son fils en répétant ses appels. Sangha ne se résigne pas, au contraire, il s'obstine. Dès qu'il parvient à se libérer, il se carapate aussitôt, la queue entre les jambes et les oreilles en arrière. Parvenu près de sa mère contrariée, il reçoit de sa part un rapide coup de patte en guise de correction. Sangha vient d'apprendre que toute espèce de construction de ce genre, tendue en pleine forêt, fait venir les hommes si l'on s'en approche de trop près. La leçon est apprise.

Dans le sillage des deux tigres, les hommes accourent, portant arbalètes et bâtons, mais la femelle est maligne, elle sait s'orienter et guider son fils, même si l'entreprise devient difficile ces temps-ci. En effet, désormais, les humains sont de plus en plus nombreux. Ils pénètrent chaque recoin de forêt pour les poursuivre et les tuer, ou pour couper les arbres et capturer le gibier, laissant ainsi les tigres affamés et contraints à s'attaquer au bétail. Ce n'est pas la première bataille qu'elle livre contre les hommes. Elle a depuis longtemps enregistré leurs coutumes. Il faut anticiper leurs actions et ruser de la même manière qu'avec une proie, attendre le moment opportun pour se camoufler dans les herbes et les buissons, prendre la fuite ou, pire, leur sauter à la gorge.

Même si la quiétude semble à présent revenue, la tigresse demeure sur ses gardes. Sangha, en revanche, a déjà oublié sa peur et reprend sa quête insouciante, toujours à l'affût d'une nouvelle expérience. La tranquillité est pourtant de courte durée. Brusquement alerté par un fracas de branches, le petit, qui marche plusieurs mètres devant elle, se retourne. Il est alors surpris de ne plus apercevoir sa mère : elle vient de tomber au fond d'une fosse rectangulaire dissimulée par des feuillages.

Sangha est tellement désemparé qu'il demeure un court instant tétanisé. Puis, penaud, il revient en gémissant sur ses pas, ventre à terre, sa petite tête dodelinant. Penché au-dessus du trou, il découvre sa mère qui, en bas, souffle d'impatience et de colère. Son corps est bandé comme un arc, toute sa frustration semble s'être condensée dans chacun de ses muscles. Elle tente de sauter sur les parois à plusieurs reprises en rugissant, mais retombe à chaque fois. Sangha s'approche du bord. Il piétine, gémit et se penche un peu trop, tant et si bien qu'il finit par tomber à son tour. Un matelas d'herbes sèches amortit sa chute. Il se dresse sur ses pattes et court se réfugier tout contre sa mère.

Il ne faut pas bien longtemps pour qu'un grincement de poulie se fasse entendre au-dessus de leur tête et qu'une grille de bambou s'abaisse à la manière d'un couvercle. Les opérations sont commandées par Aidan Mc Rory, entouré d'une équipe de villageois. Naï-Réa est présente aussi.

— Les villageois sont heureux que vous soyez venu tuer d'autres tigres, dit-elle.

— Moi aussi, je suis heureux de les voir.

— Pour vous remercier, mon père veut vous montrer les temples en amont, qui regorgent de statues.

— Est-ce qu'ils sont loin ?

— Non, pas vraiment, environ deux semaines de marche.

Aidan ne peut s'empêcher de sourire devant sa conception des distances et du temps, si différente de celle des Occidentaux. Il la trouve de plus en plus fascinante.

— Dites-moi, où avez-vous appris l'anglais ? l'interroge-t-il.

— Son Excellence a demandé aux pères australiens d'ouvrir une école. Il n'aime pas les Français.

— Je le comprends... Qu'est-ce qu'ils vous ont appris d'autre ?

— À me méfier des hommes blancs..., dit-elle avec un charmant sourire.

Après le départ des hommes, c'est le silence et l'attente au fond du piège. La journée se déroule, chaude et inquiétante, puis les trilles des oiseaux s'estompent avec le jour. Toute la nuit, la tigresse hume les odeurs, elle craint le retour des chasseurs. Lové contre elle, Sangha lutte pour rester éveillé.

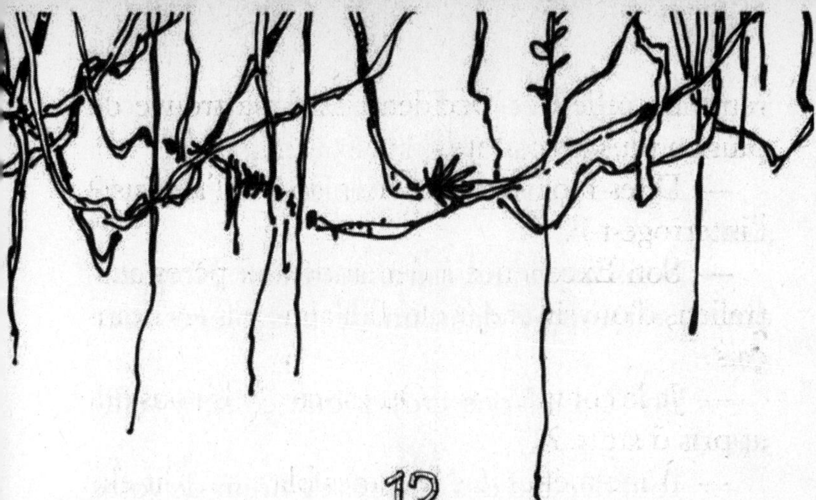

13

Un petit garçon en costume marin surveille Aidan Mc Rory à travers l'entrebâillement de la porte du bureau de son père. Il a neuf ans, le visage doux et lumineux, et tient dans ses bras un petit chien noir, Bitzy, son unique compagnon de jeux. Sans faire de bruit, le jeune Raoul Normandin détaille le chasseur de la tête aux pieds et le voit s'impatienter. L'air déterminé mais jovial, Eugène Normandin surgit enfin et rejoint Aidan dans le bureau. La simplicité du chasseur, sa manière d'être, souple et décontractée, contrastent avec l'attitude maniérée de l'administrateur, ses costumes empesés et sa politesse exagérée.

— Alors ? s'enquiert ce dernier d'un ton pressant.

— Nous avons un tigre, monsieur Normandin. Il est tombé dans un de nos pièges hier matin.

— Un seul ? Vous croyez que ce sera suffisant ?

— Tout dépend des qualités de tireur de votre invité.

— Le père de Son Excellence était un grand chasseur. Malheureusement, si le père avait beaucoup de qualités, j'ai bien peur qu'aucune n'ait été héréditaire.

Contrarié, le visage d'Aidan se ferme. À l'évidence, il est loin de se réjouir de la situation. Après avoir conduit en Afrique un nombre considérable de chasses aux fauves, il sent à présent, sur ce nouveau continent, que le désir de poursuivre ce genre de mission s'étiole, se meurt même au fond de lui. Le fossé qui se creuse chaque jour un peu plus entre l'homme qu'il a été et celui qu'il est en train de devenir le tourmente. Alors qu'il converse avec Normandin, des pensées curieuses lui traversent l'esprit, comme l'idée que la nature réduite à la dimension d'un tableau de chasse souille sa propre dignité. Aidan a aussi le sentiment que son indifférence et sa participation à ces massacres d'animaux le rendent coupable. Mais coupable de quoi, au fond ? Ses pensées deviennent confuses. Comment pourrait-il se risquer à expliquer tout cela à l'administrateur sans passer pour un fou ? D'autant qu'il lui est redevable de l'avoir sorti de prison.

Il se force alors à être complaisant et, pour oublier sa lâcheté, se concentre sur la décoration de la pièce. Elle est aussi pompeuse que l'architecture extérieure de la résidence. Aidan s'amuse de voir Normandin debout, droit comme un i, à côté d'un buste en plâtre à l'effigie de Marianne, symbole de la République française. Derrière lui, une carte d'Indochine orne le mur, tandis que plusieurs affiches publicitaires vantent les mérites de somptueuses croisières en Asie du Sud-Est. Les hommes sont invités à chasser le tigre dans les forêts du Cambodge, de l'Annam et du Laos, tandis que leurs femmes sont conviées à visiter les temples d'Angkor. Tout un monde parfaitement réglé. Ses yeux s'arrêtent sur une maquette qui occupe la presque totalité de la pièce, représentant le projet d'une route tracée à travers la jungle. La voie longe un fleuve pour rejoindre des temples.

— Vous êtes en train de regarder mon grand projet ! Ça vous impressionne, hein ? demande Normandin, l'œil brillant.

— Oui, en effet.

Au ton de sa voix, Aidan décèle un accent de fierté. Normandin fait partie de ces hommes venus régir les colonies, rêvant comme bon nombre de ses collègues d'être les pionniers d'un nouveau monde. Aidan lit dans son regard l'assurance qu'ont les colons du bien-fondé de leurs actions. Il s'en irrite, mais se montre pourtant indulgent. Il se contente d'acquiescer en hochant la tête, faisant mine de s'intéresser à ce que dit l'administrateur.

— Bientôt ce ne seront plus les temples en pièces détachées qui iront à Londres mais Londres qui viendra aux temples ! poursuit-il, rouge d'excitation. L'avenir est au tourisme, Mc Rory, et c'est ma route qui va lui ouvrir les portes !

L'homme est coupé dans sa tirade par sa jeune épouse qui apparaît dans l'encadrement de la porte.

— Mon pauvre Mc Rory ! intervient Mathilde

Normandin sur un ton amusé avant de se tourner vers son mari, si vous teniez à ennuyer ce pauvre homme avec les splendeurs de la Route Normandin, vous auriez au moins pu attendre qu'il ait déjeuné !

Les cheveux bouclés, le visage gracieux, presque enfantin, la jeune femme est vêtue d'une robe légère couleur abricot et porte dans ses bras un bouquet de fleurs fraîchement coupées. Elle s'avance vers Mc Rory pour lui tendre la main, sans le quitter des yeux, tandis qu'Eugène Normandin fait les présentations :

— Ma femme, Mathilde. Ma chère, permettez-moi de vous présenter Aidan Mc Rory, qui a si spontanément proposé de nous organiser cette chasse pour Son Excellence.

Le séduisant aventurier incline le buste et exécute avec galanterie un baisemain, héritage de sa bonne éducation.

— Je sais qui il est, mon chéri..., lance-t-elle.

Comment pourrait-elle ne pas connaître Aidan Mc Rory, le plus célèbre chasseur de fauves de sa génération ? Qui peut encore à ce jour ignorer la somme de ses exploits, son audace et sa précision au tir ? Et surtout, ce don très particulier pour *sentir*, *respirer* les bêtes et même, dit-on, parler avec elles. Pas un seul de ses récits d'aventure ne lui est inconnu. Sa venue est un événement qui bouleverse le cours ennuyeux de sa vie et réveille toutes ses attentes. Elle qui rêvait de rencontrer un héros ! Et voilà que cet homme est debout devant elle ! Elle lit un mélange de docilité et de férocité dans son regard. Elle est aux anges...

— Si je comprends bien, vous n'êtes pas en faveur de la route ? demande Aidan.

— Ne vous méprenez pas ! Je suis en faveur de tout ce qui me sortira de ce satané trou. Alors, assurez-vous que la chasse soit un succès. Si Son Excellence accepte de laisser la route traverser ses terres, ce pourrait être notre billet de retour vers Paris.

Mathilde est consciente de se plaindre mais elle ne peut s'en empêcher. Elle ne craint pas les reproches de son mari. C'est aussi une manière de lui rappeler qu'elle brûle de vivre une autre vie, que les tours de taille qu'il a pris, bien plus rapidement que les galons, ainsi que tous ces postes au fond de la jungle qu'il a obtenus, n'ont pas eu l'éclat des espérances qu'elle avait secrètement caressées, jadis, en l'épousant. À trente-huit ans, Mathilde Normandin n'en a pourtant pas fini de rêver.

— Je ferai de mon mieux.

14

Dans la plaine, le soleil darde ses rayons implacables et absorbe tous les reliefs. À des kilomètres à la ronde, la chaleur semble avoir plongé plantes et animaux dans une sorte de léthargie. Sauf peut-être à l'ombre d'un large banyan, sous lequel s'agite un groupe d'individus. Des serviteurs finissent de dresser une table de banquet. L'argenterie, les verres en cristal de Sèvres, l'abondance des bouteilles de champagne, témoignent de l'importance de l'événement. Comme une déchirure sur le ciel, un nuage de poussière s'élève soudain à l'horizon. Une limousine jaune aux pare-chocs dorés apparaît. Étincelant sous la lumière vive de la mi-journée, elle progresse au ralenti. Dès qu'il aperçoit la luxueuse voiture, l'administrateur Normandin, suffoquant dans son costume d'apparat, est pris d'une étrange fébrilité. Sur son visage dégoulinant de sueur se lit une anxiété qui fait sourire Aidan Mc Rory.

— Champagne ! hurle Normandin. Sortez le champagne, nom de Dieu ! Et la chorale ? La chorale est prête ? Attention ! Musique... Musique !

Regroupés sur une estrade en rang d'oignons, les enfants du village tiennent religieusement des petits drapeaux dans leurs mains. Ils sont disciplinés et attentifs à ce que leur dit Naï-Réa, leur directrice de chorale.

— Allez, les enfants, en place !

Aidan s'approche doucement d'elle. Il la trouve fraîche et pleine de vivacité alors qu'autour tout le monde souffre le martyre dans cette fournaise. Elle porte sa robe habillée du dimanche, peut-être encore un peu trop sévère au goût du chasseur.

— J'ai réfléchi à la proposition de votre père

d'aller voir les temples du fleuve, dit-il. On me dit que les statues sont exceptionnelles... Je me demandais... On dirait que je vais devoir rester ici un bout de temps... Pensez-vous que je pourrais vous convaincre de me servir de guide ? Vous savez, j'aurais vraiment besoin de quelqu'un qui parle l'anglais.

Aidan, qui perd curieusement son assurance habituelle, guette une réaction de la jeune femme, laquelle ne laisse rien paraître.

En vêtements de soie colorés, trois musiciens soufflent dans leurs instruments, produisant une version étrangement orientale de *La Marseillaise.* Tandis que Normandin s'égosille en réclamant la musique, Naï-Réa et les enfants se concentrent.

— *Allons enfants de No-Kin-Tuy... y... y, le jour de gloire est arrivé... Près de nous dans la colonie... S'il vient Notre Excellence bien-aimée...*

L'administrateur se précipite à la rencontre de la limousine jaune, qui s'immobilise. Un jeune Asiatique empâté s'en extrait difficilement. Habillé à l'européenne, boudiné dans un costume clair, son visage porte encore les traits de l'enfance. À sa suite, une créature dégingandée et un peu trop maquillée sort de l'automobile.

Juchée sur des talons hauts, elle marche difficilement, et sans la moindre grâce.

— Votre Excellence ! Bienvenue ! salue Normandin. Ah, mademoiselle Paulette ! Quelle élégance !

— Oh merde ! crie la jeune femme en se tordant douloureusement la cheville.

— Que se passe-t-il, ma chère ? s'inquiète Son Excellence avec une exquise courtoisie.

— J'ai pété mon talon !

Le prince pousse un soupir et s'éloigne. Devant un tel spectacle, Mathilde Normandin lève les yeux au ciel, l'air désolé. Au moment où Aidan s'apprête à aller saluer le couple, la jeune femme lui souffle une remarque sarcastique à propos de la compagne du prince, qu'elle trouve désespérément vulgaire :

— Il l'a ramenée de Paris, elle dansait au Moulin-Rouge. Eugène pense qu'elle pourrait peut-être rallier Son Excellence à notre point de vue, mais j'en doute.

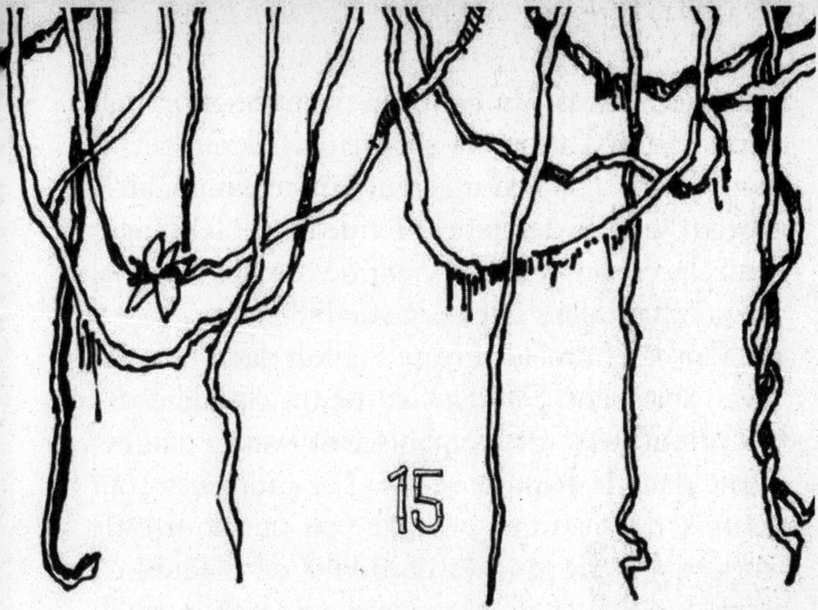

15

Éclairée par l'aube, la forêt s'éveille. Le soleil filtre à travers le toit de bambou et projette au fond de la fosse des rayures avec lesquelles se confond le pelage des deux tigres captifs. À travers les claires-voies, Sangha et sa mère voient d'abord la lumière rouge d'une fusée qui monte vers le ciel. Ils perçoivent ensuite le grincement de la poulie. La toiture se soulève alors, les invitant à quitter le piège. D'abord méfiante, la femelle hésite puis s'y engage en rampant, suivie de Sangha qui grimpe derrière elle en poussant un râle plaintif. Un coup de trompe sonore fait alors vibrer l'air et les surprend violemment. Il provient du haut d'un mirador surplombant le piège. Caché derrière un rideau de feuillages entrelacés, un guetteur vient de donner le signal en soufflant dans une corne de buffle.

Sans attendre, la tigresse s'enfuit dans les taillis avec son petit. Pendant ce temps, la ligne des rabatteurs s'est déjà organisée et avance maintenant dans la bambouseraie. Les indigènes sont munis de bassines en zinc, de tambours, de mousquets, de cloches de buffle, de plaques de tôle ondulée et de klaxons d'automobile qu'ils font retentir. Le tapage est infernal et la chasse bien rodée. La tigresse débouche sur un terrain à découvert, elle file comme une flèche à travers les herbes et les maigres buissons qui parsèment le sol rocailleux. Elle s'immobilise subitement, inquiète, les oreilles frémissantes. D'un côté, elle entend les clameurs des rabatteurs qu'elle cherche à localiser quand, de l'autre, elle voit se dessiner dans le paysage, les silhouettes géantes des éléphants qui s'avancent en cortège. Derrière elle, Sangha, essoufflé, peine à la suivre.

Il est si épuisé qu'il se jette à terre, à bout de force, sa petite langue rose pendante. La tigresse le rejoint, le saisit délicatement par la peau du cou et gagne un éboulis dans la pente. Elle le dépose, le pousse du museau dans une anfractuosité située sous les rochers et, par un râle explicite, lui indique d'y rester sans bouger. Elle quitte ensuite Sangha pour rejoindre le bas de la colline, d'où elle aperçoit les éléphants qui se rapprochent dangereusement.

Installés dans leurs nacelles en osier, les hommes tanguent au rythme des pas des pachydermes. L'un d'eux est caparaçonné d'or et de joyaux, il porte Son Excellence, en l'honneur de qui la chasse est donnée. Gras et hautain, la moue boudeuse, il est installé sur un fauteuil Louis XV, entouré de son fidèle majordome et de sa compagne, Paulette, que les circonstances rendent malade.

— Ça ne va pas ? demande Son Excellence.

— C'est le balancement... On se croirait en bateau, grimace-t-elle en s'éventant.

Plus loin, Normandin et sa femme sont venus en compagnie de leur fils, Raoul, impressionné par le déploiement d'hommes et d'animaux. Le chien Bitzy fait aussi partie de l'aventure. Ses aboiements incessants mettent au supplice les oreilles de l'administrateur.

— Mathilde !

— Quoi ?

— Fais-le taire, Mathilde ! Fais-le taire ! supplie-t-il.

— Mais il est tellement heureux, il part à la chasse !

Debout dans un palanquin juché sur une autre bête, Aidan Mc Rory supervise – à contrecœur – les opérations. Il a repéré la tigresse et averti le prince, tout en restant prêt à pallier une éventuelle carence du seigneur des lieux.

Son Excellence prépare alors son fusil à crosse de nacre à moins d'une centaine de mètres de la tigresse, qui maintenant rugit, prête à charger. L'odeur des éléphants mêlée à celle des hommes et des herbes foulées, et ces mille ombres en surplomb, excitent ses sens. Elle se plaque contre le sol et rabat ses oreilles sur son crâne, son front est ridé par la colère. Soudain, la détonation retentit. La femelle est touchée et s'affale sur le flanc. L'écho du coup de feu résonne aussi dans la cachette de pierre où s'est réfugié Sangha. Le petit tigre se replie au fond de son trou. Tout son être frémit et ses yeux trahissent la terreur qu'il ressent à cet instant.

Sans attendre, les serviteurs de son Excellence

se précipitent pour approcher de sa monture un escalier d'aérodrome. Sous les bravos de l'assistance, il entreprend maladroitement sa descente tandis que Normandin incite son fils et sa femme à l'acclamer. Au pied de l'escalier, Aidan s'avance et lui tend un revolver avec un sourire courtois.

— Pour le coup de grâce, votre Excellence.

Avant que le prince ait le temps de répondre, Normandin repousse avec empressement l'offre d'Aidan.

— *One shot, one kill !...* Comme aurait dit son père : « Une balle, un trophée ! » assure-t-il mielleusement.

— Je ne suis pas mon père, rétorque le prince avec irritation.

— Bien sûr... Mais vous comme lui : c'est toujours pan ! Droit au but !

— Droit comme votre route à travers la jungle sacrée de mes ancêtres..., fait-il remarquer avec un sourire moqueur.

Normandin, préférant ne pas répondre, l'invite à se faire photographier pour immortaliser l'événement.

— Venez, venez..., le presse-t-il.

Alors qu'un photographe en canotier finit de dresser une lourde chambre photographique sur son trépied, le prince prend la pose sur les indications de son majordome. Il contourne prudemment la bête, dont l'oreille saigne abondamment, et la regarde avec une certaine inquiétude. Un moment, il cherche le regard de sa compagne, qui, penchée par-dessus la nacelle de son éléphant comme par-dessus un bastingage de paquebot, est sur le point de vomir. La jeune femme s'excuse d'un petit sourire et agite devant son visage son mouchoir en dentelle. Mathilde Normandin échange, ravie, un regard complice avec Aidan. Comme le veut l'usage, le prince pose un pied sur le corps de la tigresse. Autour de lui, plus personne n'ose bouger ni parler. L'éclair de magnésium de l'appareil photographique jaillit enfin.

On s'apprête à féliciter le prince quand, soudain, sous son pied, la tigresse bien vivante se redresse d'un bond et s'enfuit dans les taillis. Emportée par son poids, sa jeune Excellence bascule alors en arrière et s'étale à terre. Aussitôt, une panique générale brise le rythme solennel du cérémonial. Stimulés par les ordres du majordome et les suppliques de l'administrateur, gardes et tirailleurs tirent au jugé en direction de la fuyarde à l'oreille blessée, mais elle disparaît

Le Petit Journal
Le Petit Journal
Le Petit Journal

bien avant qu'ils puissent la toucher. Embarrassé et rouge de confusion, Normandin se précipite auprès de son invité pour l'aider à se redresser. Il tente maladroitement de nettoyer son costume maculé de poussière.

— Excellence ! Y a pas de bobo ! Y a pas de bobo ! Un coup de brosse, il n'y paraîtra plus. Tout va bien.

La situation est si cocasse qu'Aidan ne peut s'empêcher d'en sourire. En raccompagnant Son Excellence à sa voiture, Normandin continue de minimiser l'incident et d'exprimer sa confiance dans ses qualités de tireur.

— La bête n'a pas pu aller bien loin. Je suis sûr qu'à l'heure qu'il est, elle est raide morte à deux pas d'ici. Nous vous faisons tout de suite parvenir sa peau, promet-il.

— Je n'ai aucun doute à ce sujet, conclut Son Excellence avec un certain sarcasme.

Sur quoi, Normandin referme respectueusement la portière, le dos courbé, un sourire forcé sur les lèvres. Jusqu'à ce que la voiture prenne de la distance, il reste ainsi, dans un état d'allégeance un peu ridicule. Il regarde encore un moment la limousine cahoter à travers les hautes herbes avant que l'expression de son visage ne se transforme et arbore un air dépité.

— De toute façon, si on lui avait organisé une partie de pêche, il aurait basculé par-dessus bord ! soupire-t-il en grimaçant, épuisé.

Impassible, Mathilde Normandin est certes navrée pour son mari – ce n'était pas un jour faste, voilà tout ! –, pourtant, l'événement a été pour elle d'un grand divertissement. Il y a longtemps qu'elle ne s'était pas autant amusée. Elle en rit encore, lorsque les aboiements perçants d'un chien résonnants dans le lointain attirent son attention.

— On dirait Bitzy ! Mais où est-il ? Où est Bitzy ?

Le chien et l'enfant ne faisant habituellement qu'un, elle prend alors conscience de l'absence de leur fils. Son visage blêmit. Elle lance des regards affolés de tous côtés.

— Et Raoul ? Eugène ! Où est Raoul ! Eugène, nom d'un chien, où est Raoul ? !

Sangha s'est recroquevillé au fond de sa petite caverne. Terrorisé, il fixe devant lui la tête du roquet à poil blanc dont les aboiements aigus lui cassent les oreilles. Derrière le chien, apparaissent deux yeux d'humain qui le contemplent avec curiosité et attendrissement. Raoul avance à quatre pattes.

— N'aie pas peur, dit-il doucement, je suis ton ami.

16

La lumière du jour donne dans une chambre d'enfant spacieuse et se réverbère sur les murs clairs. Chaque objet est à sa place et il y règne un calme étrange. Quand soudain, la voix étouffée de Raoul rompt le silence.

— 3, 2, 1, ça y est !

Les portes de l'armoire dans laquelle il est caché s'ouvrent devant lui. Un sourire illumine son visage et ses yeux brillent. Le décompte achevé, Raoul peut maintenant partir à la chasse au tigre. Tout de suite, il jette un regard circulaire autour de lui, puis s'avance à pas de loup près de son lit et vérifie dessous en relevant d'un coup sec la housse de cretonne. Rien. Seul un clown en bois peint lui fait face. Il s'approche ensuite d'un garage miniature dont il ouvre la porte brusquement : l'intérieur est vide. Déçu, il repart en quête.

— Sangha ?

À l'affût, Raoul se tait et écoute. Son regard s'arrête sur une étagère où il détaille les peluches qui s'y entassent. Une famille de singes, des ours, un lapin, un saint-bernard, une otarie, un lion, un éléphant... et un petit tigre bien vivant !

— Je te vois, Sangha ! crie-t-il avec une expression de malice triomphante.

Raoul est heureux de l'arrivée de Sangha dans cette maison où, malgré l'amour que lui portent ses parents, il se sent parfois si seul. Il a baptisé son nouvel ami du nom d'un héros de la mythologie asiatique qu'il a trouvé dans un livre et en tire une fierté sans égale. Raoul a cette innocente certitude que de belles amitiés peuvent naître de la rencontre entre les hommes et les animaux. Avec ces derniers, tout est tellement plus simple qu'avec les adultes ! Ainsi, avec Sangha, Raoul se laisse porter par les émotions et se transforme. Moins sage et moins timide, il se met à dévorer la vie et se pose mille questions.

Depuis quelque temps, il se sent même détenteur d'un pouvoir particulier : il est en effet persuadé de comprendre Sangha et d'être en retour compris de lui. Tout chez le jeune tigre lui « parle » : ses regards, ses vocalises et même ses comportements, qu'il sait maintenant anticiper. Parfois, l'enfant rêve à l'animal majestueux que Sangha va devenir, persuadé qu'ils resteront amis jusqu'à la fin des temps. Bien sûr, Raoul connaît la sauvagerie des bêtes fauves, dont il a déjà entendu parler maintes fois. Pas une semaine ne se passe en ville ou à l'école sans que les gens n'évoquent une attaque mortelle de tigre sauvage ou captif. Mais pour le moment, qui pourrait le blâmer d'aimer Sangha aux yeux espiègles et à la frimousse de velours ?

Dehors, l'air est tiède. Le soleil a terminé sa course et la nuit vient d'absorber les dernières lignes de clarté à l'horizon. Par endroits, des lueurs argentées donnent du relief aux ombres. Les coassements du crapaud-buffle et les stridulations des insectes emplissent la nuit. Probablement que le brame d'un cerf et le rauquement d'un tigre viendront, tout à l'heure, rompre la monotonie de ces chœurs. Là-bas, dans la jungle, les animaux s'éveillent : la nuit promet de nouveaux combats et de nouvelles alliances.

La façade de l'imposante résidence des Normandin, chef-d'œuvre de l'architecture coloniale, est plongée dans l'obscurité. Seule une fenêtre est éclairée au deuxième étage. Derrière règne une douce atmosphère, pleine de sérénité. Raoul est couché dans son lit. Sangha, confortablement installé à ses côtés, tient entre ses pattes un biberon de lait vide qu'il tête machinalement. Leurs deux petites têtes sur l'oreiller dépassent du drap et leurs yeux mangés par la fatigue témoignent d'une journée bien remplie. Le monde peut bien s'écrouler, la vie n'a jamais été aussi belle ! Tous deux écoutent religieusement, serrés l'un contre l'autre, l'histoire d'aventures que Mathilde Normandin leur lit.

« *Il nous fallait débarrasser le village de ce monstre sanguinaire et l'occasion s'est présentée plus tôt que prévu. Nous venions de nous mettre en route quand, soudain, quelque chose s'est mis à bouger dans les rochers. En un éclair, ce fut une explosion de crocs, de griffes et de rugissements... »*

Pendant ce temps, jaloux et furieux de la place que le tigre a pris dans la vie de Raoul, le chien Bitzy gratte à la porte de la chambre qui lui est désormais interdite. Mathilde ne paraît pas l'entendre tant elle est absorbée par sa lecture.

« N'ayant pas le temps de viser, j'épaulai au jugé et tirai. Frappé au poitrail en plein bond, le mangeur d'hommes retomba aux pieds de mon pisteur dans un bruit sourd... La bête roula sur le flanc. Elle se tourna vers moi et me fixa de ses yeux verts. Les derniers spasmes de la mort lui faisaient lentement sortir et rétracter ses griffes. Nous restâmes là longtemps, silencieux, devant cette mort magnifique et noble. Alors, comme l'exigeait la coutume, il me fallut ouvrir son poitrail avec mon coutelas et remettre le cœur encore fumant à mon client. »

Cette fois, l'enfant et le jeune tigre sont vaincus par le sommeil et leurs yeux se sont fermés bien avant la fin de l'histoire. Mathilde soupire. Elle referme le livre en jetant un dernier regard sur la photo d'Aidan Mc Rory qui orne le dos du livre. L'émotion fait rosir ses joues. Elle éteint enfin la lampe, après avoir retiré le biberon des pattes de Sangha. Avec beaucoup de tendresse, elle effleure de ses lèvres le front de Raoul et le museau du bébé tigre.

— Bonne nuit, Raoul, bonne nuit, Sangha ! Faites de beaux rêves, mes chéris.

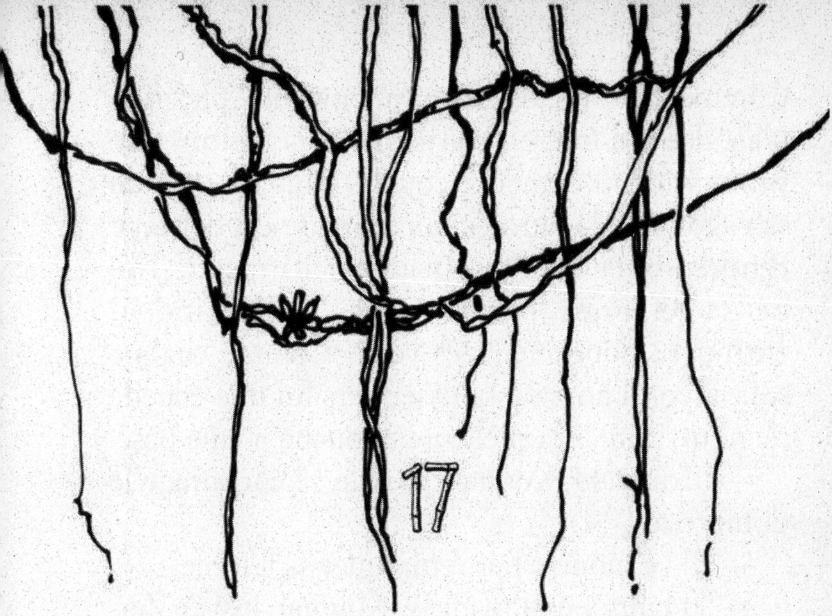

17

Koumal n'a pas la même notion du temps que les hommes. Il ne sait pas depuis combien de jours ou de semaines il vit enfermé dans ce cirque, loin des siens. En revanche, les tigres, comme la plupart des mammifères, ont une excellente mémoire et le souvenir de sa mère et de son frère est encore présent en lui. Leur image, fugitive, apparaît parfois dans son esprit avant de disparaître comme la lune derrière les nuages. Dans ces moments de mélancolie, il se rappelle toutes les heures de sa courte vie passée à leurs côtés.

Comment vivre sans eux ? Aujourd'hui, plus rien n'aiguise son intérêt, pas même la nourriture. Le ventre vide, il demeure couché dans un coin de sa cage toute la journée. Sa fourrure est devenue cendreuse et il est d'une maigreur alarmante. Tiré de sa léthargie par l'arrivée de Zerbino, il entrouvre doucement les yeux. Comme chaque soir, il voit l'homme pousser vers lui une écuelle de nourriture, à laquelle il ne touche même pas.

— Koumal ? Koumal, mange ! l'encourage le dompteur.

— Il va mourir, fait remarquer sa femme.

— Il faut que tu manges, Koumal, insiste Zerbino. C'est de la bonne viande ! Allez, petit !

— Ça ne sert à rien de lui dire. Force-le, se fâche-t-elle. Avec le prix qu'il nous a coûté !

Zerbino hausse les épaules, agacé, tandis que son cousin Saladin intervient, comme à son habitude. Mme Zerbino le couvre d'un regard ardent dès qu'il s'approche de la cage.

— Il faudrait retrouver le vieux chinois, celui qui nous a empaillé le chacal, dit-il en poussant une brouette. Parce qu'à cette taille-là, ça se vend bien comme dessus de cheminée !

Les yeux mi-clos, étendu sur le flanc, Koumal a déjà refermé les yeux, indifférent au trio qui s'éloigne. Il respire à peine. Seul un tressaillement de son oreille indique qu'il n'est pas mort. Dans la cage voisine, le vieux tigre l'observe et pousse un soupir. Toujours apathique, il tourne lentement le dos mais, cette fois, colle son arrière-train contre les barreaux du côté de Koumal. Un instant plus tard, le petit tigre entend un bruit singulier qui attire son attention.

— Flac, Flac, Flac !

Il soulève une paupière, puis les deux, et s'étonne du spectacle qu'il aperçoit. La queue du vieux tigre est passée à l'intérieur de sa propre cage et frappe le sol. Spontanément, le mâle a pris l'initiative de rompre l'ennui du petit mourant. La compassion n'est pas seulement réservée à l'homme, elle fait aussi partie du règne animal. Sans bouger, mais les yeux grands ouverts, Koumal regarde le plumet qui s'abat avec légèreté sous son nez. Ses pupilles accompagnent de droite à gauche le mouvement de la queue et, peu à peu, elles reprennent vie, comme si la lumière venait d'y pénétrer à nouveau. Le petit tigre hésite puis, presque malgré lui, lance sa patte pour attraper la queue. Un instinct joueur le pousse à réagir et, pendant quelques instants, il en oublie le cirque, l'absence des siens, sa souffrance dans ce monde brutal, l'indifférence des hommes à son sort. Sous le regard malicieux du vieux tigre, Koumal se dresse enfin et, contre toute attente, bondit joyeusement, entamant une sarabande endiablée. On dirait presque un enfant qui tente de décrocher le pompon d'un manège. Une musique de cirque l'arrête dans son élan. Zerbino vient de faire une annonce à l'aide d'un porte-voix.

— Et maintenant, mesdames et messieurs, voici le moment tant attendu...

Les dernières lueurs du jour ont disparu. À travers le chapiteau troué apparaît un ciel limpide, cloué d'étoiles. Zerbino a revêtu son costume de dompteur, paré d'épaulettes et de boutons dorés. D'un geste théâtral, il jauge la cage circulaire installée autour de la piste, et s'assure de sa solidité tout en continuant à s'adresser à la foule.

— Le Grand Cirque Zerbino est fier de présenter à son fidèle public le tueur sauvage... Le plus célèbre des mangeurs d'hommes, qui pendant plus de dix ans a semé la terreur, du delta du Mékong à la mer de Chine ! poursuit-il.

Sur les bancs de fortune, les quelques dizaines de villageois qui ont pris place écoutent le discours ronflant d'un air morne. Zerbino tente d'aviver leur intérêt en y mettant le ton :

— Le voici, enfin en captivité mais plus cruel et assoiffé de sang que jamais... Voici le plus célèbre des mangeurs d'hommes, dont le seul nom suffit à remplir d'effroi... Mesdames et messieurs, tenez-vous prêts, je vous présente... Caesar le Sanguinaire !

Dans les coulisses, Saladin à la mine venimeuse vient chercher le vieux tigre. Il ouvre la cage et, sans ménagement, l'aiguillonne et le bouscule avec sa fourche.

— Allez toi, bouge tes fesses, vieille loque ! Au boulot.

Le cracheur de feu observe avec un regard mauvais l'animal arthritique qui se met péniblement debout. Le vieux tigre se dirige de lui-même vers le rideau écarlate qui sépare les coulisses de la piste du cirque, ignorant la brutalité habituelle de Saladin.

— C'est la honte du spectacle, on devrait s'en débarrasser, fait remarquer Mme Zerbino en jetant un regard méprisant sur le tigre.

— Qui en voudrait, à son âge ? Il ne vaut pas un pet de lapin... Même un boucher vietnamien ne voudrait pas de toi ! Allez, grouille-toi ! Bouge !

L'homme repousse le félin décrépit, qui, voulant prendre au plus court, allait se retrouver au milieu du public. D'un méchant coup de pied, il le contraint à emprunter le tunnel aux arceaux de fer destiné aux fauves.

— Tu es une bête féroce. Alors montre-le ! hurle-t-il.

Indifférent aux cris du dresseur, le vieux tigre jette un coup d'œil vers la cage de Koumal avant d'entrer en piste. En voyant le petit dévorer le contenu de son écuelle avec un bel appétit, un éclair de satisfaction passe dans le regard du cruel mangeur d'hommes.

18

— Chut ! dit Raoul au petit tigre.

Ce n'est pas la première fois que Raoul et Sangha se cachent sous la table de la salle à manger, mais jamais ils n'ont tenté l'expérience au cours d'un dîner officiel. L'entreprise est d'autant plus excitante... Blottis l'un contre l'autre, ils sont dissimulés aux regards par la nappe, entourés de pieds d'adultes dont l'un s'est déchaussé. Au-dessus d'eux, le couple Normandin bavarde avec Aidan Mc Rory.

— Alors, comment allez-vous ? Vous profitez

bien de votre séjour prolongé ? demande l'administrateur.

— Je vis les choses au jour le jour, répond Aidan.

— J'ai entendu dire que vous trouvez à vous distraire...

— Hmm...

— Cela veut-il dire que vous allez rester plus longtemps dans notre merveilleuse colonie ? On dirait que vous êtes très occupé...

Sans répondre aux sous-entendus de l'administrateur, Aidan continue de déguster son repas.

— Quelqu'un m'a dit que vous vous intéressez à la région du fleuve, insiste Normandin. Bien sûr, il y a de merveilleux temples... Je dois vous avertir, la moutarde commence à monter au nez de Van Tranh.

— Il ne doit pas trouver ça très agréable ! répond Aidan, l'air moqueur.

Sous la table, les deux compères se disputent maintenant le soulier abandonné. Sangha s'excite et se met à grogner. Raoul est obligé de lâcher prise, de peur d'être repéré. Aussitôt, le petit tigre tente de s'aventurer à l'extérieur de la table. Raoul a juste le temps de l'en empêcher en le tirant par la queue.

— J'ai pensé qu'il vous faudrait un rôle officiel : « conseiller aux chasses et à la protection de la flore », dit Normandin en cherchant de son pied sa chaussure manquante. Qu'en pensez-vous ?

— Un peu long comme titre. Qu'est-ce que ça signifie exactement, selon vous ?

— Pas grand-chose. Sinon que vous pouvez organiser votre chasse au tigre quand j'ai des visiteurs de marque.

Aidan hoche la tête. Il sait à présent ce que cachent les prévenances exagérées de Normandin.

— C'est très aimable... Et cette fois, comment dois-je vous remercier ?

— En me ramenant la peau de cette tigresse... Son Excellence se montre de nouveau très réticent au sujet de ma route. C'est parce qu'il a perdu la face pendant la chasse.

Pour l'occasion, Mathilde Normandin s'est habillée avec beaucoup de goût. Elle a fait préparer le repas en y apportant autant de soin. Elle est assise à côté d'Aidan et juste en face de son époux. Sous la table, la lutte acharnée pour la possession du soulier s'éternise de telle sorte qu'à un moment Mathilde ressent le frottement d'une chaussure d'homme contre la sienne. Une émotion passe sur son visage et suspend un instant ses gestes. Elle lance un regard à la dérobée en direction d'Aidan, convaincue qu'il s'agit de lui.

— Et comment pensez-vous que nous allons lui présenter une peau de tigresse avec la bête vivante à l'intérieur ? interroge Aidan.

— C'est vous le chasseur. Débrouillez-vous !

Sous la table, le chahut se poursuit. Mathilde qui ressent de nouvelles pressions sur son pied adresse une expression troublée à l'adresse d'Aidan. Gêné par ses regards insistants, ce dernier s'interroge en silence sur son comportement. Raoul réussit enfin à arracher la chaussure de la gueule de Sangha et la replace sous le pied de son père. Mais, en reculant, le petit tigre écrase le bouton d'appel des domestiques avec l'une de ses pattes.

— J'ai rendez-vous avec Son Excellence, se lamente Normandin. Je ne peux pas me présenter chez lui les mains vides !

— Ne soyez pas ridicule, c'est impossible, rétorque Aidan.

— Allons, vous vous débrouillerez. Sans quoi, je ne pourrai plus retenir le sergent. Il dit que vous avez trouvé un complice, une jeune fille du coin...

Encore sous le coup de l'émotion, Mathilde Normandin est si bouleversée qu'elle sursaute lorsqu'elle voit le maître d'hôtel faire irruption dans la salle à manger.

— Madame a sonné ? Oh, le chien ! Bitzy ! Viens, viens...

Excité par la présence de Sangha, le roquet profite de l'ouverture de la porte de la salle à manger pour se faufiler entre les jambes du maître d'hôtel. Lorsque le tigre reconnaît son ennemi juré, il est déjà trop tard. Arrivant à toute allure en jappant, le chien se précipite sous la table et vient cogner de plein fouet Sangha, qu'il laboure de ses crocs.

Sous les yeux horrifiés de Mathilde Normandin, les deux animaux font alors glisser la nappe finement brodée, entraînant dans un grand fracas la vaisselle de porcelaine ancienne de la République.

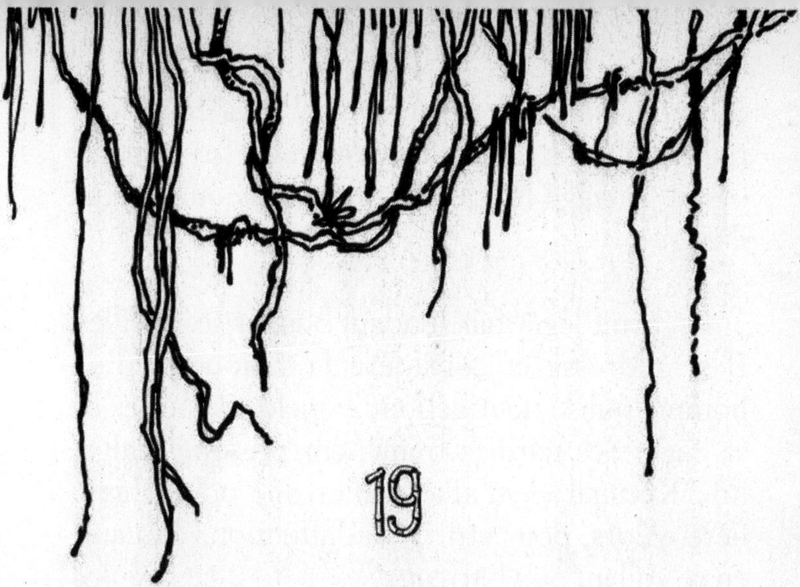

19

À l'intérieur de sa cage, Koumal somnole. Après plusieurs semaines, le jeune tigre s'est habitué à cet endroit sombre et exigu. Il connaît l'organisation d'une journée. Il sait aussi comment Saladin et Zerbino font régner l'ordre par la terreur et combien il est vain d'espérer s'échapper ou même de se rebeller. Il lui arrive encore de rêver à sa jungle natale pour ne pas devenir fou. Mais si ces visions lui laissent toujours une impression étrange qui le rendent mélancolique, la compagnie de son vieil ami, l'« implacable mangeur d'hommes », est devenue son seul et unique repère. Cet être qui lui ressemble et parle le même langage lui permet de ne pas oublier qui il est.

Un bruit léger fait soudain bouger ses oreilles. Il se redresse et considère la silhouette d'un homme qui se tient debout à quelques mètres de sa cage. Ses narines frémissent presque malgré lui : Koumal vient d'identifier une odeur familière. Alors, pour attirer son attention, il miaule en se collant aux barreaux.

— Meaoww !

Pour en avoir le cœur net, Aidan s'avance à grands pas. Une vive émotion l'envahit lorsqu'il reconnaît Koumal.

— Mais je te connais, toi !

Sans crainte ni hargne, Koumal tend sa patte vers le chasseur qui s'approche. Aussitôt, le tigre se renverse sur sa paillasse pour offrir son ventre à la caresse. Il retrouve la douceur de la main et fixe l'homme d'un regard énamouré. Un frisson le parcourt en sentant les doigts délicieux qui le grattouillent.

— Alors, c'est ici qu'ils t'ont amené, hein ? demande le chasseur.

Aidan parcourt du regard la ménagerie plongée dans la pénombre, le fumier qui s'entasse, les animaux pelés, amaigris, qui vont et viennent, tournent inlassablement dans leurs cages sales, posant sur lui leurs yeux fiévreux ou absents.

— Finalement, tu n'es pas si mal, dit-il en s'efforçant de prendre un ton enjoué. Au moins, tu as de la compagnie...

Koumal ronronne de plaisir. La tête penchée sur le côté, il donne l'impression de supplier le chasseur de l'emmener avec lui. Dans la cage voisine, le vieux tigre apathique a la tête posée sur ses pattes. Sans broncher, il observe, immobile, le déroulement des retrouvailles.

— Ne me regarde pas comme ça, dit-il en le caressant. Je ne pouvais pas te laisser là-bas. Tu n'as jamais appris à chasser et tu serais mort de faim... sous réserve que tu ne te sois pas fait manger avant.

Koumal hume la main d'Aidan, la renifle.

— Tu as bonne mémoire, je sais ce que tu veux.

Le chasseur fouille dans sa poche et en extirpe sa boîte de bonbons au miel. Le cœur serré, il en offre un au jeune tigre en le lui présentant dans le creux de sa main. Koumal croque avec délice la friandise.

— Je ne vous conseille pas de faire ça, intervient soudain une voix autoritaire dans son dos. À cet âge, ça peut vous arracher un doigt.

Aidan se retourne et se retrouve face à Zerbino. Avec regret, Koumal voit la main de l'homme lui échapper.

— Dites-moi, intervient Aidan qui se rappelle subitement pourquoi il est venu, il paraît que vous gardez les peaux de vos anciennes bêtes.

— Ça arrive.

— Vous n'auriez pas une peau de tigre, par hasard ?

Suspicieux, Zerbino jauge l'élégant Européen dont les bottes rutilantes valent à elles seules la recette d'un mois de représentations.

— Une peau de tigre ? !

— Une peau de tigre, oui, on peut vous avoir ça, acquiesce Saladin sous le regard surpris de Zerbino.

Le cracheur de feu émerge de derrière une cage, les yeux étincelants et un sourire cynique aux lèvres.

— Bien, dit Aidan satisfait. Je peux la voir ?

— Vous en avez besoin pour quand ? interroge Zerbino.

— Demain.

— Demain ? !

— Alors, vous pourrez la voir demain, confirme son cousin.

Zerbino, dépassé par les événements, pose son regard sur le vieux tigre qui bâille dans sa cage. L'idée que son beau-frère puisse songer à sacrifier l'animal le surprend.

— Ça vous coûtera mille piastres. Payable d'avance.

Aidan fait un pas vers la cage de Koumal. Un moment, il réfléchit en regardant le jeune tigre.

— Je ne la veux pas plaquée or !

— C'est le prix. Vous décidez... Vous voulez cette peau ou non ? le presse Saladin sans ménagement.

Aidan sort son portefeuille et compte les billets. Il jette un coup d'œil à Koumal, qui l'observe.

— C'est bon. Mais faites-moi plaisir, gardez-en un peu pour lui. Nourrissez-le bien. C'est mon ami.

Dès le lendemain, Saladin ouvre la cage de Koumal et le fait sortir en tirant sur la chaîne qu'il porte au cou puis l'introduit dans celle du vieux tigre absent.

— Allons-y, viens ici, petit monstre...

Le jeune ne comprend pas, il regarde autour de lui, désorienté, s'étonne de l'absence de son vieil ami et miaule désespérément.

— Pourquoi tu pleurniches ? le rudoie Saladin. C'est une promotion !

20

Les arbres de la forêt qui bordent la rivière font ployer leurs branches en ridant à peine la surface de l'eau brune. Allongé sur un radeau de bambous, un bouddha de pierre contemple le ciel, le visage souriant. Il provient d'un autre temple en ruine niché dans la jungle. À l'aide de grandes perches, des hommes dirigent lentement l'embarcation principale en la faisant louvoyer entre les rochers et les souches. Installé à l'arrière, Aidan contemple Naï-Réa en sarong, accroupie près d'un petit feu sur lequel elle prépare le thé.

— Tu ne devrais pas être triste, dit-elle. Tu as eu raison de ne pas laisser le petit tigre dans la jungle. Il serait devenu un mangeur d'hommes.

— C'est possible, fait-il sans être vraiment convaincu.

— Tu es un chasseur, tu protèges les gens des animaux sauvages. C'est bien de les tuer, pas de les prendre en pitié.

— C'est exactement ce que je pensais avant.

— Pour moi, la chasse est un acte plein de noblesse.

— Peut-être, mais montrer les trésors de ton pays à des gens qui n'en soupçonnent même pas l'existence, c'est aussi un acte noble. Ne penses-tu pas ?

Ils restent un instant silencieux avant que la jeune femme reprenne la parole.

— Mon père est d'accord, dit-elle froidement sur le ton du reproche. Si tu lui donnes l'argent.

Aidan la contemple. Quoi qu'elle fasse, elle a toujours sur le visage cet air grave et têtu qui l'intrigue et l'amuse. Il sent grandir en elle la contrariété et malgré tout insiste :

— Mais ici personne ne voit les statues, dit-il, elles pourrissent dans la jungle.

— C'est là qu'elles vivent.

— C'est aussi là que les tigres vivent, rétorque-t-il. Mais tu n'as pas de problèmes avec la chasse !

Dans la raideur de ses épaules, Aidan décèle une pointe de colère, un malaise. Un moment, ils demeurent ainsi sans se parler. Chacun observant l'autre, soumis à ses propres convictions et à sa propre culture. Comment pourrait-il comprendre qu'en voyant la terre de ses ancêtres pillée, elle se sente elle-même offensée ? Comment pourrait-elle savoir qu'à force de chasser les animaux, il en est arrivé à ne plus voir ce qui les sépare des hommes ? Naï-Réa verse doucement le thé puis revient à la charge.

— Te souviens-tu du jeune homme qui t'a donné ça ? demande-t-elle en prenant dans sa main le collier qu'Aidan porte au cou. Celui dont une jambe a été mangée par un tigre ? C'est mon frère.

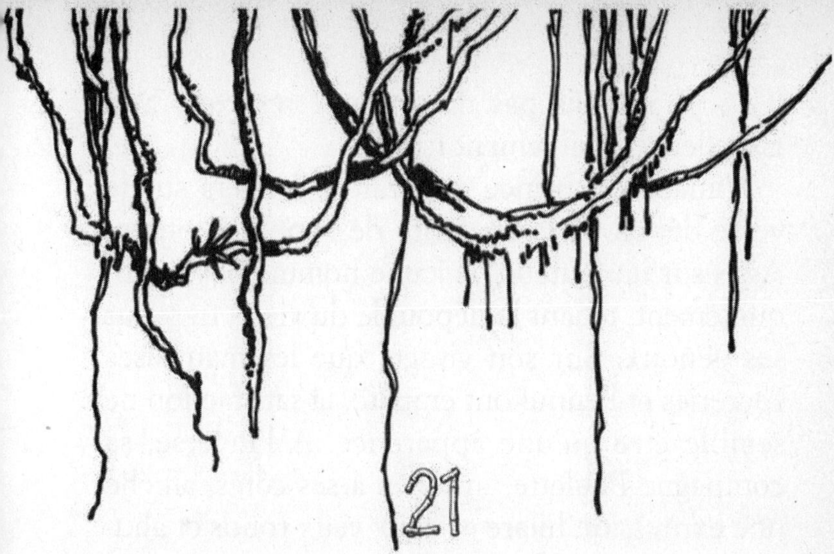

21

La villa de Son Excellence est en effervescence. D'un étage à l'autre de la demeure, la nouvelle s'est répandue : le prince a vaincu la bête. Dans la salle des trophées peuplée d'animaux empaillés, un photographe et son assistant s'affairent autour de leur maître qui se plie à l'embarrassante séance de photos.

— Si je peux me permettre, Votre Excellence, le père de Votre Excellence présentait toujours la peau de manière à voir l'endroit de l'impact, suggère le photographe.

— Je ne suis pas mon père ! rétorque Son Excellence, visiblement irrité.

L'image du prince apparaît à l'envers sur le verre dépoli de la chambre de l'appareil photo. Assis sur un fauteuil, le jeune homme pose tranquillement, tenant la dépouille du vieux tigre sur ses genoux. Sur son visage, que les mauvaises sucreries et l'ennui ont empâté, la satisfaction ne semble être qu'une apparence. À l'inverse, sa compagne Paulette, installée à ses côtés, affiche une expression hilare et deux yeux ronds et ahuris que tout semble étonner en permanence.

— Où est le trou de la balle ? s'écrie-t-elle euphorique.

Elle se penche sur la tête du tigre, la palpe, et découvre un trou sous l'oreille, résultat apparent du tir qui a abattu l'animal. Elle s'extasie et s'amuse à faire naviguer son doigt à l'intérieur du trou en riant bêtement.

— Oh, le voilà. N'est-ce pas incroyable ? s'exclame Paulette.

— Absolument stupéfiant, et très astucieux de leur part, dit Son Excellence. Malheureusement, l'animal sur lequel j'ai tiré a été touché à l'autre oreille.

Le prince est loin d'être crédule. Exaspéré à la

fois par cette duperie grossière et par la niaiserie de sa compagne, le jeune homme se lève et se retire, laissant seuls la jeune femme et les photographes, l'air déconfit.

Sancho s'est [illegible]
Penché sur [illegible]
tance des [illegible]
sement [illegible]
jaloux le [illegible]
s'absente, [illegible]
ce même [illegible]
sous le poids [illegible]
reux de l'[illegible]
naire. Il [illegible]
lui à se [illegible]

22

Sangha s'est réfugié dans la chambre de Raoul. Perché sur l'étagère de peluches, il se tient à distance des crocs du chien qui, au sol, aboie furieusement après lui. Depuis des semaines, l'animal jaloux le tourmente chaque fois que Raoul s'absente, même pour un court moment comme ce matin. Lorsque la planche de bois s'écroule sous le poids du jeune tigre, le chien est trop heureux de l'aubaine. Avec une promptitude étonnante, il bondit sur Sangha, obligeant le jeune félin à se carapater à travers la maison.

Dans la cuisine, le majordome met une dernière touche à l'arrangement du plateau du petit déjeuner. Il rectifie la position d'une fleur d'hibiscus, dispose artistiquement la coquillette de beurre à côté des biscottes en quinconce puis, saisissant le plateau, se dirige vers la sortie. Brusquement, la porte à battant lui arrive en pleine figure et le fait basculer en arrière. Sous le choc, le contenu du plateau s'élève dans les airs tandis que Sangha poursuit sa course. Emporté par la vitesse, le jeune tigre jaillit au détour d'un couloir, rate son virage et vient s'écraser contre un portemanteau qui se renverse. Il gémit et chacun de ses piaulements semble enrager de plus belle le chien, qui redouble de férocité à son égard. Empêtré sous un amas de casques coloniaux, de chapeaux à crinoline et de parapluies, Sangha parvient néanmoins à se dégager rapidement. Il repart juste à temps pour échapper à son poursuivant déchaîné.

À quelques portes de là, Normandin, vêtu de sa tenue officielle à épaulettes, reçoit dans son bureau une délégation de notables annamites en culottes courtes et hauts-de-forme. L'atmosphère est solennelle.

Silencieux et attentifs, tous sont assis sur des chaises alignées les unes à côté des autres et observent l'administrateur. Ils suivent les mouvements de la baguette qu'il agite au-dessus de la maquette révélant son projet de route à travers la jungle.

— Bientôt, messieurs, ce ne seront plus les temples qui iront à Paris... Pourquoi ? Parce que les gens de Paris, en fait de toute l'Europe, et même de l'Amérique, viendront admirer vos temples. Ils viendront par milliers visiter vos villages, les poches bourrées d'argent, apportant à votre merveilleuse terre grâce et prospérité...

Un dignitaire relève la tête, inquiet du remue-ménage et des jappements qu'il perçoit à l'extérieur et qui se rapprochent dangereusement. Le jeune tigre fait soudain irruption dans le bureau, poursuivi par l'affreux roquet. Sangha s'engouffre entre les tabourets qui supportent la maquette et la fait valser après avoir dérapé sur un tapis. Installé sur son piédestal, le buste en plâtre, emblème de la République, vacille et atterrit dans un aquarium qui explose. Eau, algues et coquillages se répandent alors partout et viennent lécher les pieds de la délégation. L'un des notables, petites lunettes rondes sur le nez, considère avec étonnement son soulier trop grand empli d'eau. Avec un calme étonnant, Normandin en extrait un poisson rouge tout frétillant, qu'il place dans un bocal avant de l'offrir à l'homme qui reste perplexe.

— Oh ! Mon Dieu... Désolé ! s'excuse l'administrateur.

Désespéré de ne pouvoir semer le chien, Sangha s'est maintenant précipité dans la buanderie située au bout d'un couloir. Toute retraite étant impossible, il se réfugie sous un évier pour s'y blottir. Recroquevillé et tremblant, le jeune fauve voit à présent le chien posté en face de lui esquisser une attaque. Le tigre ferme les yeux mais sa nature profonde et son héritage sauvage l'obligent, cette fois, à réagir et à lancer une patte devant lui.

Quand il rouvre les paupières, il s'étonne de voir du sang maculer les chemises fraîchement lavées de l'administrateur Normandin, étendues sur une corde à linge. Blessé, le chien redouble d'aboiements, ce qui conduit Sangha à rugir méchamment. Contraint au combat, il donne d'autres coups de griffes contre son rival, qui, excité par des semaines de savantes persécutions, en oublie toute prudence.

Essoufflée d'avoir couru, Mathilde Normandin se fige à l'entrée de la buanderie. Elle a entendu les aboiements et les rugissements mêlés et ne perçoit bientôt plus que les grondements de Sangha. Sous l'évier, le jeune tigre la regarde avec inquiétude. Il a le museau maculé de sang et tient le corps du roquet disloqué dans sa gueule. Lorsqu'il dépose le cadavre à ses pieds, tel un chat avec une souris, Mathilde blêmit et manque de défaillir. Elle pousse un hurlement d'horreur qui le surprend.

— Ah, mon Dieu... !

Sangha se tasse sur lui-même. Au comportement de sa maîtresse, il se rend compte qu'il vient de commettre une erreur. Épouvantée, Mathilde Normandin fait demi-tour et s'enfuit dans le couloir en hurlant.

— Au secours, à l'assassin, à l'assassin...

Sangha est maintenant cerné par les employés de la résidence et recule sur le carrelage du vestibule. De toute part, il voit des balais, des râteaux et des fourches pointés sur lui. Cette fois, personne ne joue, il le sent à la peur et à l'agressivité contenues en chacun. Le majordome ouvre et referme un parapluie sous son nez. C'est ensuite au tour du cuisinier, tel un gladiateur, de le menacer d'un pic à viande tout en se protégeant avec un couvercle de marmite. Mais que leur arrive-t-il à tous ? Puis soudain, il entend Raoul crier. Porté par l'énergie du désespoir, le petit garçon s'oppose à sa mère, la supplie de revenir sur leur décision et tente tout ce qui est en son pouvoir pour inverser le cours des événements.

— Je ne veux plus le voir ! crie Mathilde. Raoul, toi, tu restes ici ! Quant à Sangha, il s'en va. Dehors ! Je ne veux plus le voir. Mets-le dehors. J'en ai assez.

— Mais, maman, il est à moi. Il ne le fera plus, implore-t-il. S'il te plaît, ne lui fais pas de mal. Il ne l'a pas fait exprès, il voulait seulement jouer. Je sais qu'il voulait jouer...

— Allez, Raoul, tu restes ici.

— J'ai besoin de lui.

— Non, dehors. Allez !

Sangha est poussé vers la sortie de la résidence, forcé à dépasser le seuil de la porte principale. Au terme de sa lente et périlleuse progression, il se retrouve à l'intérieur d'un fourgon de police garé contre le perron de la résidence. Un sergent de ville en referme la porte sans attendre, puis prend place sur le siège du cocher et empoigne solidement les rênes. Au signal du conducteur, les chevaux se mettent en marche et le fourgon s'ébranle en cahotant sur les pavés de la cour. À l'intérieur, Sangha se dresse sur ses pattes. À travers les barreaux de la petite fenêtre située à l'arrière, il voit Raoul qui se précipite vers lui en pleurant. Sangha voudrait pouvoir ouvrir cette satanée porte et courir vers lui, lui lécher les mains, les joues et puis se rouler à terre avec lui. Mais Mathilde Normandin accourt déjà pour retenir Raoul.

— Raoul ! Raoul, éloigne-toi de ce monstre !

— Il voulait jouer... Je sais qu'il voulait seulement jouer ! crie encore le jeune garçon en pleurant. Il n'a pas fait exprès, il ne le fera plus ! S'il te plaît, maman, s'il te plaît...

— Pas question, il a le goût du sang maintenant ! On ne peut pas le garder.

— Non, non, laisse-le rester, laisse-le rester ! C'est mon tigre ! Sangha, Sangha...

À son tour, l'administrateur immobilise dans ses bras son fils qui se débat en hurlant. Sangha voit la silhouette de Raoul rapetisser de plus en plus dans le soir qui tombe. Puis c'est l'absence, le grand vide, et, de nouveau, la solitude pour tous les deux.

Le voyage aura été rapide. Lorsque le fourgon cellulaire arrive à l'entrée de la villa de Son Excellence, le majordome est là pour réceptionner Sangha.

— Je suis le responsable de la ménagerie du palais, dit-il au sergent.

— C'est un cadeau pour Son Excellence, au nom de la France.

Portant une lourde chaîne au cou, le jeune tigre est immédiatement emmené dans les souterrains du palais. Sur les murs, les lueurs dansantes des torches font apparaître des fresques, elles représentent des tigres et des taureaux qui s'affrontent dans des combats à mort. Partout, des yeux tourmentés luisent dans la pénombre. Des caïmans font claquer leurs mâchoires, une hyène affolée par la lumière pousse un cri perçant, un ours gronde quand là-bas s'impatiente un buffle aux cornes recouvertes d'acier. Sur son perchoir, un vautour impassible regarde passer Sangha. Ses serres sont serties de griffes de métal effilées comme des rasoirs.

Le jeune tigre allonge le pas, aussi peu rassuré

que le sergent qui, lui aussi, jette des œillades inquiètes autour de lui.

— Il est vraiment aussi dangereux que l'administrateur le dit ? lui demande le majordome.

— Vous devriez voir dans quel état il a mis le chien de la famille !

— Excellent. Belle addition à notre collection.

Le petit félin est placé dans une cage circulaire qu'un faible rai de lumière éclaire en son centre, puis les hommes s'en vont. Lorsque le calme revient chez les animaux qui l'entourent, Sangha se met à miauler et ses cris résonnent longtemps dans cet endroit lugubre.

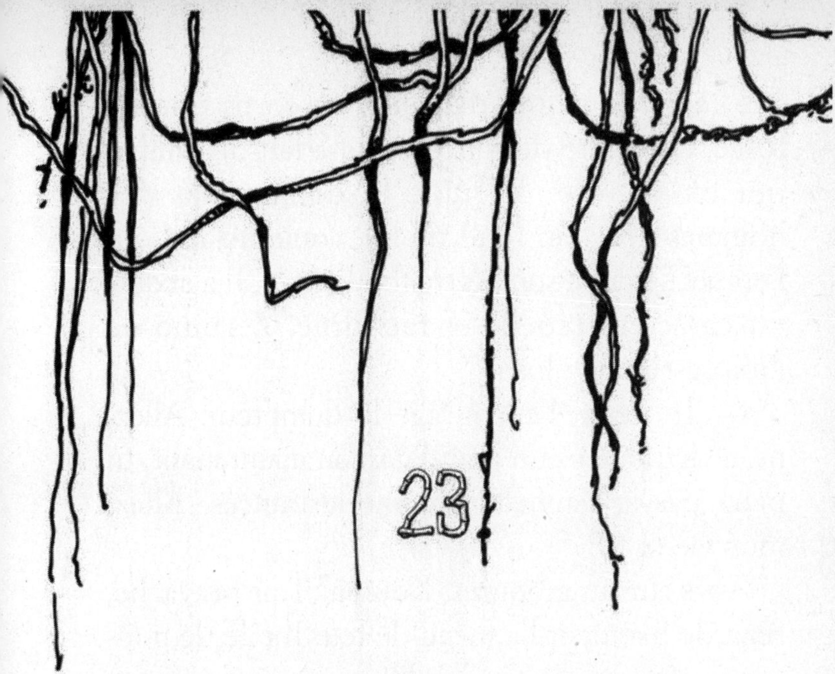

23

— Saute, Koumal ! Saute !

Zerbino hurle, debout au milieu de la piste. Il est vêtu de son costume moulant de dompteur et brandit au-dessus de sa tête un cerceau enflammé. Les flammes se reflètent dans les yeux de Koumal, qui a maintenant atteint sa taille adulte, même s'il lui faudra encore attendre deux ans pour arriver à l'âge de la maturité. Il jauge la situation, gronde, mais, au grand désespoir de Zerbino, ne bouge pas d'une griffe...

Oui, six mois ont passé et Koumal s'est fortifié. Large de tête et d'épaule, un corps tout en force, l'hérédité de son père en a fait un animal qui en impose. Il subit la domination des hommes mais, au fond de lui, coule un feu qui l'empêche de se soumettre totalement. Il a acquis un caractère rebelle et taciturne. Zerbino ne l'impressionne plus.

— Tu peux, l'encourage le dompteur. Allez, mon vieux, tu es un grand garçon maintenant, tu peux passer l'anneau comme les autres. Allez, mon vieux !

Assis sur un tabouret, Koumal, l'air bravache, regarde fixement l'anneau de feu. Il râle de nouveau, détourne la tête, indifférent aux ordres et aux intimidations de son dresseur.

— Allez, Koumal, pas de problème, tu verras. Allez... saute ! ordonne Zerbino en faisant claquer son fouet.

Habitué à la lanière de cuir et aux brimades de toute sorte, son poil ne se dresse même pas. Têtu, Koumal refuse d'obtempérer, mettant Zerbino dans l'embarras face à sa famille, présente pour assister au dressage du tigre. Zerbino voit Saladin s'approcher et, armé d'une fourche, aiguillonner le tigre pour le forcer à abandonner le tabouret. L'intervention de son beau-frère ajoute à sa frustration.

Une fois de plus, Zerbino fait claquer le fouet. Mais Koumal en décide autrement. Il descend, contourne tranquillement le cerceau en flammes, et va s'asseoir d'un bond sur le tabouret opposé. Là, désireux de prouver quand même sa bonne volonté, il se redresse et fait le beau, accomplissant le numéro de cirque qu'il a appris ces derniers mois.

— Je ne t'ai pas dit de donner la patte, stupide animal.

Saladin éclate alors d'un rire méprisant. Zerbino se sent profondément humilié lorsqu'il surprend un échange de regards entendus entre sa femme et son beau-frère. Le dompteur reporte alors sa colère sur Koumal, qu'il fouette de plus belle. Habitué à se protéger la tête avec sa patte pour éviter la lanière qui lui gifle le museau, le tigre patiente dans cette position, attendant que l'homme recouvre son calme.

— Tu n'y arriveras jamais, se moque Saladin en attrapant un revolver que lui tend un garçon de piste. Il est temps d'essayer autre chose.

Koumal regarde le cracheur de feu se camper

devant lui et le menacer en agitant cet objet curieux sous son museau.

Lorsqu'il tire en l'air, Koumal sursaute violemment. La détonation déchaîne chez lui un tel accès de fureur qu'il bondit sur la piste et fait volte-face en poussant un rauquement sauvage. En un éclair, il charge Saladin, qui ne doit son salut qu'à un tabouret dont il se saisit rapidement. Ainsi protégé, le dompteur accueille Koumal. Dans son élan, le tigre vient se heurter contre les pieds métalliques. Sa vitesse à l'attaque et son regard féroce surprennent les deux hommes. Saladin a conscience en cet instant qu'il doit mater pareil débordement avant de perdre définitivement le pouvoir sur lui.

— Comment oses-tu ? hurle-t-il. En arrière ! En arrière tout le monde ! En arrière... Allez, tout le monde.

Saladin prend à présent la direction des opérations. Immédiatement, les garçons de piste se précipitent pour l'aider à acculer Koumal contre la cage et à lui glisser un collet autour du cou. L'un d'eux, resté de l'autre côté de la grille, se saisit de l'extrémité de la corde, l'enroule autour d'un poteau et tire de toutes ses forces. Koumal est étranglé, la tête écrasée contre les barreaux, la langue pendante et les yeux révulsés. Il tente vainement de riposter avec ses pattes qui frappent dans le vide. Il suit les gestes fous des hommes qui le forcent à se soumettre. La terreur l'envahit, lui faisant venir l'écume au bord des babines.

— Maintenant, on va t'apprendre les bonnes manières ! crie Saladin.

À tour de rôle, les uns et les autres punissent le tigre en faisant claquer le fouet. Saladin adopte une méthode plus directe : il fait tomber sur lui une grêle de coups avec le manche de la fourche et met tant de cœur à l'ouvrage qu'une espèce de jubilation déforme son visage.

Pendant ce temps, Zerbino, honteux, regarde sans intervenir ni dire un mot. Il peine à regarder le triste spectacle quand, autour de lui, les singes et l'ours de la ménagerie, gagnés par la peur et les rugissements de colère du félin sont saisis d'une incroyable frénésie. À la fin du châtiment, Koumal est vaincu. Chancelant et humilié, il se plie aux caprices des hommes et regagne son tabouret. Mais Saladin n'en a pas fini. Il aspire une grande goulée d'essence, brandit un flambeau, et souffle un jet qui s'embrase. Zerbino vient y enflammer son cerceau qu'il place ensuite face à Koumal, la tête basse et le regard fuyant.

— Et maintenant, tu sautes...

Le fouet claque. Bravant sa répugnance, Koumal s'élance et traverse les flammes avant d'atterrir sur le tabouret installé de l'autre côté. Zerbino, aussi vaincu que son tigre, soulève alors la trappe du tunnel qui mène à la ménagerie. Koumal s'y engouffre, l'échine basse, et va se blottir dans sa cage. À ce moment, Saladin se tourne triomphant vers sa famille et rencontre le regard de Mme Zerbino où brille une lueur d'admiration.

— Et voilà, c'est pas plus compliqué que ça ! C'est comme ça qu'on casse un tigre !

24

Poursuivant son périple nomade à travers villes et campagnes, la famille Zerbino vient de s'installer sur la place d'un nouveau village. Ils finissent de dresser leur chapiteau miteux sous les regards de la foule qui s'agglutine, lorsque l'arrivée d'une limousine provoque une intense agitation parmi les badauds. Accompagnée par une nuée d'enfants à moitié nus, la voiture cahote au milieu des nids-de-poule, soulevant des gerbes d'eau de part et d'autre du chemin. Lorsqu'elle s'arrête, un homme en descend, l'air sévère, les cheveux blancs et les yeux fatigués. Il contemple longuement l'affiche qui présente Koumal sous les traits terrifiants d'un assassin : « Le Tueur du Mékong ». Un dessin spectaculaire le montre entraînant dans ses crocs sanglants la dépouille de son infortuné dompteur. Dubitatif, l'homme toise les deux entrepreneurs de spectacles qui s'avancent, la mine patibulaire, encore dégoulinants de la dernière averse.

— Je suis le majordome des animaux de Son Excellence, se présente-t-il. Il est vraiment féroce, votre tigre ?

Zerbino et Saladin se consultent du regard.

— Vous voulez le savoir ? Si vous avez une jambe ou un bras en trop, voilà les clés de la cage, réplique Saladin avec arrogance en lui tendant un trousseau.

Le majordome ne relève pas la boutade.

— Mon maître organise une fête. Il veut que tout soit exactement comme du temps de son père. Avez-vous entendu parler de ces cérémonies ?

— Tout le monde en a entendu parler, acquiesce Zerbino. Avec quel animal se battrait-il ?

— Un animal féroce. La meilleure bête de

combat jamais gardée en captivité. Nous voulons un adversaire digne de lui.

Zerbino sent que son cousin va intervenir, or pour une fois, il veut apparaître comme étant celui qui décide.

— Pour une bête hors du commun, un prix hors du commun, réclame-t-il. Cinq mille piastres.

Stupéfait, le majordome hésite un instant, puis il acquiesce en hochant la tête et s'avance vers lui en tendant la main pour conclure le marché.

— J'espère qu'il les vaut !

— Vous nous ferez savoir quand il faudra arrêter de le nourrir, lance Saladin tandis que l'homme remonte dans sa voiture.

Assise sur un canapé du vaste salon de Son Excellence, l'air aussi discipliné qu'une écolière, Paulette exhibe un rictus étrange depuis qu'elle a vu le majordome exhumer d'un placard un grand écrin tendu de vieux cuir. Lorsque Son Excellence l'ouvre de ses mains potelées et le pose devant elle sur une table basse, ses yeux et sa bouche s'arrondissent en découvrant une somptueuse rivière de diamants posée sur un coussin de satin.

— Ne me dites pas qu'ils sont vrais ! s'exclame-t-elle d'une voix si haut perchée qu'elle cache mal son excitation.

— Bien sûr, ils sont vrais, acquiesce le jeune homme. Mon père n'aimait que les choses authentiques. C'est peut-être un peu trop clinquant pour un goût moderne.

Le prince contemple le regard de sa compagne illuminé par une fièvre soudaine. Il s'étonne de voir l'avidité enlaidir sa figure et la fébrilité gagner chacun de ses gestes jusqu'à la rendre ridicule. Une vague de tristesse l'envahit, tant son pouvoir et ses richesses faussent depuis toujours ses relations avec son entourage. Jamais il ne s'est senti aussi seul qu'en cet instant.

— Et tout sera arrangé comme au temps de votre père ? demande-t-elle encore en agitant les mains et en jetant des œillades gourmandes en direction du précieux bijou.

— Exactement. Les Français veulent montrer au peuple que tout est exactement comme dans l'ancien temps.

— N'est-ce pas merveilleux qu'ils aient tant de respect pour vos traditions ?

— Ils veulent seulement montrer que rien n'a changé pour cacher le fait que tout est différent, dit-il avec amertume. Ils me flattent avec leur admiration afin de pouvoir me forcer la main après la cérémonie pour signer le contrat pour leur maudite route !

— Bon, d'accord, tempère Paulette étonnée par ce soudain accès de mécontentement. Mais qu'est-ce que vous avez contre cette route ? Je ne comprends pas. Qu'est-ce qu'elle a de mal ?

Le jeune prince se tait un moment. Il la contemple, l'air désolé, subitement écœuré par ses savantes minauderies.

— Ne vous inquiétez pas, dit-il, je leur dirai que vous avez tout fait pour me persuader !

Paulette se tait, embarrassée, sa mission a échoué. Désemparée, elle regarde Son Excellence refermer l'écrin et le tendre au majordome avant de prendre congé.

Précédé de ses serviteurs et du majordome, Son Excellence avance le long des cages alignées dans le souterrain du palais réservé aux bêtes fauves. Sangha arpente sans répit sa prison de fer. Il porte au cou un large collier incrusté de diamants et, sous le velours de sa livrée, ses muscles tendus trahissent sa fougue et son empressement à combattre. Son Excellence s'arrête devant sa cage, fasciné par la dangerosité qui émane de l'animal.

— Il est féroce ? demande-t-il à son majordome

— Lorsqu'il est arrivé, c'était un animal timide, très craintif. Mais c'est toujours la peur qui nous pousse à devenir des tueurs.

— D'où vient le nom de Sangha ?

— C'est le fils de l'administrateur qui l'a appelé ainsi.

Son Excellence regarde Sangha, une ombre passe alors dans ses yeux et saisit le majordome. Un fauteuil de style Louis XV est immédiatement installé à sa demande.

— Va-t'en maintenant, ordonne le prince.

— Votre Excellence, il est très dangereux, supplie l'autre.

— Laisse-moi.

Au grand soulagement du jeune potentat, le majordome quitte enfin les lieux, mais à contrecœur.

À l'abri des regards, face à un animal incapable d'hypocrisie ni d'émettre aucun jugement, le prince ressent la nécessité de libérer enfin son cœur.

— Toi aussi, tu me prends pour un imbécile, Sangha ? Pour les Français, je suis l'imbécile idéal. Ils croient m'acheter avec la peau de tigres que je n'ai pas tués...

Sangha reste immobile, scrutant de ses prunelles profondes le jeune prince qui se livre à lui. Il guette attentivement les mouvements de ses mains, qui n'ont pas l'air menaçantes. L'homme parle lentement et Sangha ne perçoit pas d'agressivité particulière dans sa voix. Le tigre demeure toutefois sur ses gardes et grogne sourdement pour le mettre en garde au cas où il tenterait quelque chose. Il est désormais incapable de fraterniser, sa douceur et sa timidité naturelles ont disparu depuis qu'il a dû apprendre à tuer pour rester en vie. Il est devenu rusé et cruel, solide comme un roc, la rapidité et la brutalité chevillées au corps. Devenu adulte et isolé dans sa haine, Sangha ne sait plus que lacérer et déchiqueter les ventres, étouffer les gorges et briser les nuques des animaux qu'on lui présente pour combattre contre lui. Son travail terminé, il se réfugie ensuite au fond de sa cage qui, dans cet enfer, fait office d'unique refuge.

— Dis-moi, Sangha, te souviens-tu de ton père ? Était-il un grand seigneur de la jungle ? Le mien l'était. Il lui suffisait de paraître pour que toutes les autres créatures rétrécissent et disparaissent sous terre. Le mien, oui... Et le tien, a-t-il été déçu par son fils ?

La bête et l'homme se regardent fixement et Sangha piétine maintenant d'impatience.

— Non, peut-être que ton père n'a pas été déçu ! poursuit le prince.

L'insistance de l'homme à le regarder droit dans les yeux lui laisse entendre qu'il lui lance un défi. L'émotion est si forte pour le tigre qu'il respire à présent par saccades et sent son poil se hérisser sur son dos. N'y tenant plus, il se détend alors comme un ressort et feint de charger en crachant au visage de Son Excellence. Le jeune homme s'essuie du revers de la main et contient sa colère.

— Alors toi aussi tu penses que, dans ce monde, il faut être cruel ? Qu'il faut être cruel pour être respecté ? demande-t-il déçu avant de s'en aller.

Pendant ce temps, l'effervescence a gagné les jardins du palais de Son Excellence. Des jardiniers penchés sur leur ouvrage repiquent des fleurs. Au centre d'une grande arène, des serviteurs ratissent le sable quand d'autres rafraîchissent les gradins d'une peinture neuve. Près de l'arène, les musiciens de la fanfare s'exercent à jouer un hymne de circonstance. Le long des allées, sont dressés des mats en haut desquels des fanions aux armoiries du prince ont été accrochés et, dans les bassins, des pans de ciel azuré se reflètent et ajoutent à l'harmonie du lieu. L'événement se prépare.

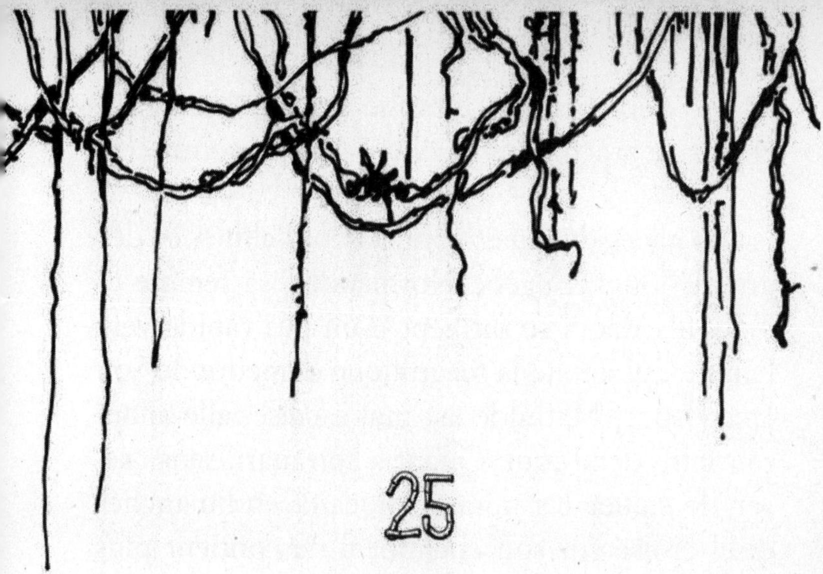

25

La campagne a des allures de carte postale. Le soleil brille dans un ciel sans nuages et les hautes tiges de riz dans les champs ondulent au gré d'un vent vif. Chaque chose semble à sa place.

Soudain, une vieille camionnette de cirque d'un rouge criard surgit au détour d'une route, longeant les rizières. À l'intérieur de sa cage, Koumal dodeline de la tête, les yeux mi-clos. Il regarde le paysage qui défile avec une totale indifférence. À l'entrée du village, il conserve ce même détachement lorsque les enfants et les chiens se précipitent en criant à sa rencontre.

Les allées du palais connaissent l'affluence des grands jours. Eugène Normandin, sa femme et leurs fils Raoul se dirigent d'un pas rapide vers l'arène qui jouxte la magnifique demeure de Son Excellence. Mathilde est mal à l'aise, elle aimerait faire demi-tour. Quant à son mari, sans cesser de saluer les notables locaux endimanchés qu'il croise sur son chemin, il ne contient plus son enthousiasme.

— Bonjour, madame, bonjour, monsieur... Il est mûr, je te dis... il a promis de signer à la fin de la cérémonie et une fois son nom apposé sur le document... Ah, bonjour, capitaine !

Il serre la mallette contenant les précieux documents contre sa poitrine avec un soupir de satisfaction.

— Si je m'évanouis à la vue de la première goutte de sang, tu ne pourras pas dire que je ne t'ai pas prévenu, avertit Mathilde, pour l'heure complètement indifférente aux préoccupations de carrière de son époux.

— Oui, ben là, il faudra t'y faire... parce que

si, comme je l'espère, je suis nommé consul à Madrid, là-bas, c'est corrida tous les dimanches !

Au centre des gradins, un dais a été dressé, pour y installer, à l'abri du soleil, le fauteuil Louis XV de Son Excellence. À leur tour, les Normandin prennent place parmi les invités. Eugène feuillette les pages du contrat et les parcourt avec excitation en regardant le prince du coin de l'œil. Dans son costume marin devenu trop étroit, le jeune Raoul est inquiet, il tremble un peu. Ses yeux immenses et son petit visage pâle zébré de marbrures montrent qu'il a pleuré. Est-ce à cause de la foule qui l'impressionne ou plutôt de ce vilain pressentiment qui lui fait croire que Sangha est l'un des deux tigres appelés à combattre ici même ? Il ne cesse de le clamer à ses parents, qui ne l'écoutent pas. Tous ces derniers mois, l'absence de Sangha a bouleversé sa vie. Depuis son départ, ses nuits sont entrecoupées de cauchemars, il mange moins, il a perdu le sourire, et ses lèvres affichent une moue boudeuse du matin au soir. L'insensibilité et la trahison des adultes lui laissent penser, du haut de ses neuf ans, que le monde est désespérément cruel et l'amour pour les animaux impossible.

Avant sa rencontre avec Sangha, Raoul ne savait pas qu'on pouvait, dans ce monde, souffrir autant.

— Cesse de renifler, rouspète sa mère, puisqu'on te dit que ça ne peut pas être ton tigre !

L'attention de Mathilde Normandin est ailleurs, loin du chagrin de son fils. Son œil aiguisé a repéré Aidan Mc Rory dans la foule.

Une expression de douceur illumine d'emblée son visage, ravagé l'instant d'après par la jalousie lorsqu'elle voit Naï-Réa l'accompagner. Resplendissante dans une robe de soie blanche, la jeune femme, un peu gênée, attire tous les regards de la bonne société qui chuchote en les regardant s'asseoir, serrés l'un contre l'autre.

Les gradins sont noirs de monde, Aidan sent monter la tension dans la foule à mesure que les minutes s'égrènent. Son attention est bientôt attirée par un homme qui, au centre de l'arène, vérifie la solidité de la cage circulaire. Lorsque celui-ci se retourne, Aidan reconnaît le visage de Zerbino. Son sang ne fait qu'un tour, il s'excuse auprès de Naï-Réa et rejoint précipitamment la camionnette du cirque garée derrière les arènes. Il s'approche à grands pas du tigre qu'il voit somnoler dans une cage et, comme il le redoutait, découvre Koumal, immobile.

— Alors c'est bien toi ! fait-il. Je suis désolé, tu sais !

Réveillé par la voix du chasseur, Koumal entrouvre un œil, considère longuement la silhouette devant lui, mais reste sans réaction.

— Tu ne me reconnais pas ? ! Ce n'est pourtant pas moi qui ai changé !

Aidan persiste à réveiller en lui son souvenir. Pour cela, il sort de sa poche sa fameuse boîte de bonbons au miel et lui en lance un dans la paille. La friandise vient rouler sous son nez, mais le félin, désintéressé, ne bouge toujours pas.

— On cherche une autre peau de tigre ? ! Celle-là n'est pas à vendre, tonne Saladin qui vient de surgir accompagné de son beau-frère.

Aidan se retourne et fait face aux deux dompteurs qui affichent un mauvais rictus, visiblement irrités de le trouver à rôder encore autour de Koumal.

— Elle le sera bientôt, rétorque Aidan. Vous savez que le tigre de Son Excellence est une bête féroce. Celui-ci par contre, est comme un caniche, il a appris à s'asseoir et à donner la patte. Il sera mis en pièces.

Un oiseau s'est aventuré dans la cage du félin et, juché sur une crotte, il picore à quelques centimètres de son museau. Apparemment heureux de la compagnie de ce paisible visiteur, Koumal le regarde avec bienveillance, preuve que la férocité n'est pas son fort. Quelque chose au fond de lui oblige Aidan à dissuader les deux hommes de sacrifier ce tigre.

— Qu'est-ce qui vous donne le droit de nous faire la morale ? intervient Zerbino, excédé par l'arrogance d'Aidan. Un tigre mourra et l'argent que ça nous rapportera permettra de garder tous les autres animaux en vie !

— Je vous ai demandé d'en prendre soin, insiste Aidan avec défi, pas de l'envoyer à la boucherie.

— Vous êtes chasseur, pas nous ! C'est vous qui vous enrichissez en tuant.

Le chasseur est piqué au vif. Soudain, Koumal lève la tête et plante ses yeux verts dans ceux d'Aidan. Bien sûr qu'il l'a reconnu, mais à quoi bon se manifester ? Le chasseur demeure un moment immobile. Il sent monter la colère en lui. Non pas à l'égard des deux bougres, encore moins à l'encontre de Koumal, mais contre lui-même. Il se sent responsable de la situation et s'en veut d'avoir bouleversé à ce point le destin de cet animal. Alors, dans un élan désespéré, Aidan dérobe la clé de sa cage pour empêcher le combat.

— Crétin, rends-nous cette clé ! crie Saladin en se précipitant sur lui.

— Je vous le rachète au prix qu'ils l'ont payé, propose Aidan.

— Cette fois-ci, c'est plus dans tes prix. La clé ! Donne-nous la clé.

— Allez, les gars..., supplie Aidan.

Saladin fait un signe et trois hommes de main venus en renfort se dirigent vers lui. D'abord menacé verbalement puis bousculé, le chasseur résiste un peu, même s'il sait que les choses vont se gâter. Il reçoit finalement quelques bons coups avant d'être obligé de rendre la clé. Un moment, Aidan cherche les yeux de Koumal, comme s'il quêtait son aide ou son encouragement. Le tigre lève la tête puis, délibérément, se retourne et lui présente son arrière-train. À cet instant, provenant des arènes, les premiers accents de la fanfare éclatent, annonçant le début du spectacle.

26

Assise sur les gradins aux cotés de Son Excellence, Paulette, bêtement hilare, salue les Normandin d'un signe de la main tandis qu'autour d'eux les nombreux invités, notables en costume, officiers et missionnaires, n'attendent que le signal du prince pour que le combat démarre. Au moment où le gong retentit, Naï-Réa voit débouler Aidan, les vêtements maculés de boue, un mouchoir rougi pressé sur le nez.

— J'en ai assez, dit-il en l'entraînant par le bras. Partons !

Dans le tunnel qui mène à la piste, Sangha frémit d'excitation, pressé d'en découdre. Haineux et glacial, tous ses muscles sont tendus et ses poils hérissés sur la ligne de son dos. Il est devenu un tigre de combat, un gladiateur, dont la mission est de tuer pour satisfaire la foule. C'est le sort que les hommes lui ont réservé.

Lorsque la lourde grille se lève, il bondit sans attendre et fait irruption dans l'arène. Trois foulées suffisent pour fasciner l'assistance qui frissonne et vocifère déjà devant la fureur de l'effroyable bête. Fortement impressionnée, Mathilde Normandin accuse un brusque mouvement de recul et s'évente, faute de pouvoir quitter les arènes. Un peu plus loin, une famille d'Européens bat des mains, portée par un enthousiasme malsain, pendant qu'un notable aveugle écoute son jeune domestique lui commenter l'action. Sagement assis entre ses parents, l'effarement marque les traits du petit Raoul, qui se redresse brutalement : il a reconnu son tigre.

— C'est Sangha ! crie-t-il bouleversé en montrant du doigt l'animal. J'en étais sûr !

Normandin échange un regard gêné avec sa femme.

— Comment veux-tu que ce soit lui ? fait-il

remarquer à son fils. Tu sais bien qu'il est au zoo de Saigon !

— De Bangkok, rectifie Mathilde au même moment.

— De toute façon, il est à mille kilomètres d'ici.

Raoul n'est pas convaincu. Les narines dilatées, il respire plus vite sans lâcher le félin des yeux, il a l'intime conviction que ce tigre est bien le sien. D'une foulée sûre, Sangha arpente maintenant l'arène encerclée d'une immense grille, en rauquant. Il repère les lieux et marque son territoire. Plus les spectateurs expriment leur effroi et leur excitation par leur comportement fébrile et leurs cris, plus Sangha se montre féroce. Un moment, il se jette contre les barreaux de l'enceinte pour manifester sa rage. Sous le choc, les jointures de métal grincent. Pourtant solidement amarré sur le haut des grilles, un des globes dorés aux armes de Son Excellence, utilisé en décoration, vacille et dégringole à terre. Sa parade terminée, Sangha vient se poster dans l'axe du tunnel, là où il sait qu'un adversaire va surgir d'un instant à l'autre. Il s'aplatit, ventre à terre, les muscles bandés.

Au même instant, Koumal se laisse tomber hors de sa cage, piqué par la fourche de Saladin.

— Debout, stupide corniaud ! crie le dompteur dans un reproche sévère.

Sans comprendre, le tigre se dirige dans la direction qu'il lui indique, vers le tunnel pour bêtes fauves qui mène à l'arène, mais, sitôt à l'intérieur, celui-ci est saisi par la peur et refuse d'aller plus loin.

— Allez, Koumal ! Vas-y ! Au boulot. Allez ! Montre-leur que tu as des crocs !

Au-dessus de Koumal, Zerbino et les garçons de piste frappent les arceaux de métal qui résonnent pour stimuler sa progression. Malgré sa profonde dureté, une ombre de tristesse passe sur le visage de Zerbino quand il voit Koumal s'engager à reculons vers l'arène. L'homme se signe furtivement.

— Koumal... Bonne chance, vieux frère ! murmure-t-il.

Aidan est en proie à un sentiment qui touche à la fureur et au dégoût. Il est si pressé de quitter les lieux que, dans l'allée du parc longeant les buffets richement dressés, Naï-Réa a du mal à suivre. La jeune femme ne le juge pas, elle sait ce qui le met dans cet état. Quand il s'arrête et se retourne, elle sent qu'il doit faire un effort violent pour dénouer sa gorge. Aidan cherche ses mots et l'effort paraît lui coûter.

— Pardonne-moi, dit-il d'un air têtu, je ne peux pas regarder ça. Tu vois, par moments, je me demande s'il n'est pas temps que je change de vie...

L'heure est venue. Dans l'arène, Sangha ne se contient plus et gronde. Il va pouvoir assouvir son besoin de brutalité et mettre son rival en pièces. Ses oreilles plaquées sur sa tête, il est prêt pour l'affrontement. Face à lui, Koumal vient de faire son entrée, totalement désorienté.

Avec étonnement, il prend d'abord conscience du public installé sur les gradins, et enfin, de cet autre tigre à l'air peu commode qu'il voit progresser en face de lui. Il reste un instant sur le qui-vive, tente de comprendre pourquoi les gens, si nombreux, crient et applaudissent. Quand il perçoit enfin le danger, Koumal recule et cherche à regagner l'entrée du tunnel, mais c'est peine perdue : il se trouve bloqué contre la grille fermée. Plus déterminé que jamais, Sangha poursuit sa manœuvre d'approche à petites foulées, le dos arqué et la tête basse. Il esquisse une charge en crachant sa colère, ce qui soulève aussitôt des cris d'admiration dans la foule partisane. Là-haut, dans les gradins, les hommes projettent leur propre désir de violence dans celle des fauves.

Devant la persévérance et les assauts répétés de Sangha pour qui la lutte n'a plus de secret, Koumal finit par comprendre qu'il n'a pas d'autre échappatoire que de répondre à l'attaque. À son tour, il rugit, couche ses oreilles. Maintenant, les deux tigres se font face et leurs regards sont rivés l'un à l'autre : ils se défient. Ils se rapprochent lentement en grondant, parcourant les quelques mètres qui les séparent avec une lenteur exaspérante. Des encouragements et des vociférations les accompagnent, peu importe le vainqueur pourvu qu'il y ait un vaincu.

Terriblement concentrés, aucun des deux ne se laisse distraire par la foule. Sangha attaque le premier, bondit sur son adversaire, le poil hérissé sur la nuque, donne des coups de dents et de griffes. Effrayée, Mathilde Normandin cache les yeux de son fils avec sa main. Koumal ne se dérobe plus, il se rebelle et se défend, entendant endurer le châtiment sans couardise. Il surprend même par sa souplesse et son endurance, reprenant parfois de la distance avant de repartir à l'assaut.

Mais à la longue, Koumal, qui n'a jamais été entraîné à ce type de mêlée, finit par perdre de sa hargne à cause de la fatigue. Jeté à terre par Sangha, il se couche sur le dos, épuisé et vulnérable, comme pour signifier qu'il veut mettre un terme au combat. C'est alors qu'un événement extraordinaire se produit : avec une soudaineté incroyable, comme statufié par quelque sortilège, Koumal se fige. Ses narines frémissent en humant l'odeur de l'autre tigre penché au-dessus de lui, prêt à l'étouffer. En un éclair, l'image de son frère grimpé en haut de l'hévéa, effrayé par la civette en colère, se dessine dans sa mémoire. De son côté, Sangha pousse un rauquement sauvage. Il s'apprête à en finir avec son adversaire. Il vise la gorge offerte et sait qu'il a désormais l'avantage, mais à son tour, le voilà qui se pétrifie. La folie l'a soudainement quittée. Il écoute et respire Koumal qui souffle doucement entre ses babines et fait remuer ses longues moustaches. Il en sort un son très doux, signalant une marque de confiance et d'affection.

— Frrrrt... Frrrt...

Calmé mais décontenancé, Sangha analyse les odeurs qui lui parviennent. Sans le quitter des yeux, il regarde longuement le tigre qui se redresse. Il vient lui aussi de reconnaître son jumeau. C'est la fin du jeu réglé par les hommes. Se dressant sur leurs pattes arrière, les deux tigres se jettent alors l'un contre l'autre, mais, à la surprise générale, ils entament un joyeux corps à corps en poussant des grondements complices. Ils retombent au sol, se mordent au cou et roulent enlacés dans la poussière de l'arène. Un flottement silencieux puis des éclats de rire parcourent l'assistance éberluée. Raoul exulte de joie et rassure sa mère encore transie de peur.

— Regarde, maman, ils jouent !

Le combat des deux tigres prend décidément un tour bien étrange. Parvenus à la grille du parc, Aidan et Naï-Réa entendent les rires provenant des arènes. Perplexes, ils se décident à rebrousser chemin pour aller voir ce qui se passe.

Un sourire de soulagement éclaire le visage d'Aidan sitôt qu'il découvre les deux tigres en train de s'amuser. Si Zerbino, debout derrière la cage, trouve l'action pour le moins bizarre, Paulette et Son Excellence ne cachent pas leur enthousiasme. Tourné vers l'arène, baguette en main, le chef de fanfare, qui n'attend que la mise à mort pour lancer le roulement de tambour, affiche en revanche une figure dépitée.

Koumal s'intéresse maintenant à la boule dorée qui a roulé toute à l'heure dans un coin de l'arène. Il bondit et s'en empare. D'un coup de patte, il fait rouler la balle improvisée jusqu'à son frère. Sangha l'intercepte. Ils se l'échangent comme la noix de coco, jadis, dans leur enfance. Dans les gradins, la joie redouble. Des notables coiffés de turbans, de hauts-de-forme et de melons se réjouissent et rient de bon cœur. La situation est cependant loin de réjouir le majordome. Qu'aurait dit le père de Son Excellence, lui qui réclamait des luttes à mort ?

— Allez chercher des pierres ! crie-t-il à l'adresse de deux serviteurs. Faites-les combattre ! Lancez-leur des pierres, cognez-les. Frappez les barreaux, allez, allez !

Les hommes obéissent puis, n'obtenant aucune réaction d'agressivité de la part des tigres apeurés, se précipitent armés de pics et de fourches. Sans attendre, Saladin, Zerbino et leurs aides font de même. Koumal et Sangha longent les grilles à la recherche d'une issue. Tous entreprennent de piquer les tigres à travers les barreaux de l'enceinte pour ranimer leur ardeur guerrière. Immédiatement, les deux fauves font face à leurs agresseurs. Accouru à la rescousse,

Saladin porte un mauvais coup à Koumal, qui hurle de douleur.

— Allez, Koumal ! hurle-t-il. Bats-toi ! Allez, vas-y ! Koumal !

Fou de colère, Sangha retrouve ses instincts. Il bondit au secours de son frère, attrape entre ses mâchoires le bras de l'avaleur de sabre et, arc-bouté contre la grille, tire l'homme entre les barreaux étroits. Le malheureux tente en vain de résister à la douloureuse étreinte. Il sent sa poitrine s'écraser, le souffle lui manquer et les crocs lui broyer les chairs. Koumal est fasciné de voir son frère transgresser ainsi le tabou : attaquer l'Homme.

Dans l'assistance, les rires se sont transformés en cris d'horreur. Certains, choqués, regardent la scène médusés, quand d'autres appellent à l'aide ou se lèvent pour gagner la sortie, incapables de supporter plus longtemps la scène. Mathilde Normandin hurle elle aussi sa terreur tandis qu'Aidan, accablé, reste un moment tétanisé.

À son tour, Zerbino se précipite à l'intérieur de l'arène, un rictus misérable sur la figure. Il réclame une arme chargée et vise Sangha. Mais déjà Koumal s'interpose et se dresse face à son dompteur. Tout ce qui a opposé l'homme au fauve s'échange ici, sans mots et en quelques secondes. L'homme a commis une erreur et le moment est venu pour la bête de reprendre le pouvoir. Que Zerbino, paniqué, appuie sur la détente de son revolver ne provoque aucune réaction chez Koumal, il a trop entendu cette détonation pour la craindre. D'un coup de patte, il jette le dompteur au sol. L'homme tente bien de fuir à quatre pattes pour attraper la pique tombée à terre mais le tigre ne lui en laisse pas le temps. Il se rue sur lui et le saisit entre ses crocs.

Sangha repère d'un coup d'œil la porte de la grille restée entrouverte dans l'affolement. Il abandonne le corps inerte de Saladin coincé entre les barreaux et, d'un bond, quitte l'arène pour gagner l'extérieur et l'escalier qui mène aux tribunes. Stimulé par son frère, Koumal fait de même, délaissant le corps disloqué et sans vie de Zerbino. Partout, des cris et des lamentations retentissent. Pressé d'encourager son tigre dans sa fuite, Raoul résiste une fois encore à sa mère qui veut l'entraîner.

— Cours, Sangha ! Cours ! hurle-t-il.

Les serviteurs qui accourent pour fermer la porte battent prudemment en retraite, tandis que dans une effroyable panique, la foule se bouscule vers d'autres issues. Se saisissant précipitamment du fauteuil Louis XV, les serviteurs emportent Son Excellence, pour le mettre à l'abri. Le jeune prince jette un œil narquois vers l'administrateur qui, dépité, le regarde s'éloigner. Pris dans le mouvement désordonné de la foule, Normandin laisse tomber sa précieuse sacoche. Malgré ses suppliques désespérées, il assiste, impuissant, au piétinement de ses contrats.

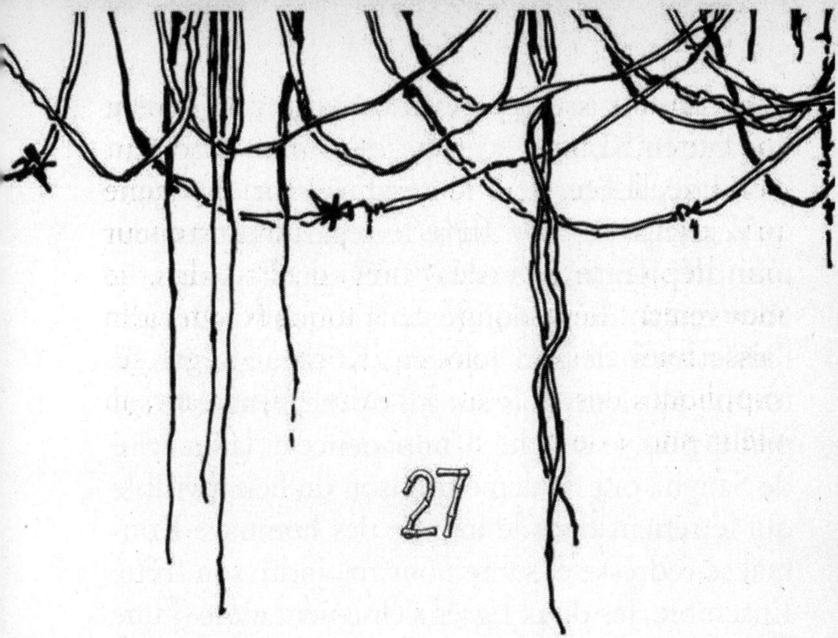

27

À l'extérieur des arènes, un musicien en kilt s'aventure en éclaireur, sa cornemuse en bandoulière. Derrière lui, la fanfare de Son Excellence ne bouge pas et attend ses indications. Prudemment, le musicien passe d'abord la tête à l'angle d'un bâtiment puis, d'un geste, signale à ses collègues que la voie est libre. Mais, presque aussitôt, quelque chose le fait blêmir et il renonce à son entreprise pour finalement s'enfuir dans l'autre sens. Au coin du bâtiment, les deux frères apparaissent.

En voyant sa cage ouverte sur le camion du dompteur, Koumal s'arrête dans son élan. Par habitude, il bondit à l'intérieur du seul refuge qu'il connaisse. Son frère le regarde sans comprendre. Tourné vers la forêt, il cherche à le convaincre de le suivre en rauquant. Devant l'insistance de son jumeau, Koumal hésite, il tourne plusieurs fois sur lui-même, renifle le sol paillé, puis se couche. L'impatience et la tenacité de Sangha ont finalement raison du lien invisible qui le retient dans le monde des hommes. Koumal se redresse et saute pour rejoindre son frère. Ensemble, les deux tigres s'éloignent alors d'une même foulée, à travers les jardins à la française. Avec une innocente désinvolture, ils foulent au passage les parterres de renoncules, dévastent les délicats massifs de pétunias et gagnent ainsi la ligne des grands arbres qui bordent le parc.

*
* *

Koumal et Sangha auraient pu disparaître au fond de la jungle et ne plus faire parler d'eux. Ils en décident pourtant autrement.

En effet, livrés à eux-mêmes, les deux frères

semblent à présent éprouver un plaisir fou à narguer les humains et à commettre les pires folies, comme deux mauvais garçons prêts à faire les quatre cents coups.

Voici un vieux car de brousse qui brinquebale sur une piste à flanc de colline. Sur son toit sont entassés des volailles et de jeunes cochons appétissants parmi les valises et les paquetages. Il n'en faut pas davantage pour stimuler l'intérêt des deux félins postés à l'affût sur un promontoire naturel. Si, au volant, le chauffeur perçoit un choc au-dessus de sa tête sans s'alarmer outre mesure, il change radicalement d'expression en découvrant une queue de tigre balayer son pare-brise. L'effet de surprise est tel que le conducteur donne un violent coup de volant, entraînant le camion dans le fossé. En proie à une épouvante contagieuse, les passagers s'enfuient et grimpent se réfugier dans les arbres – bon nombre emportant avec eux volailles et paniers. Pour se protéger du soleil, certains s'abritent sous des parapluies. On en voit même quelques-uns faire leurs prières... Quant au chauffeur, installé sur la plus haute branche, il serre contre lui la précieuse sacoche contenant sa recette.

Tout au bonheur de détruire l'intérieur du car,

Sangha et Koumal prennent leur temps pour éventrer les sièges et dénicher dans les bagages tout ce qui est mangeable, jusqu'au moment où, d'un commun accord, ils décident de quitter les lieux pour aller poursuivre leur périple.

Un peu plus tard, en ville, dans un riche quartier européen, une femme voit surgir les deux fauves dans sa maison. Contrainte à sortir précipitamment de sa salle de bains investie par Koumal et Sangha, elle a noué une serviette autour de son corps couvert de mousse et dévale les escaliers de sa demeure en hurlant avant de s'enfuir en pleine rue. Un pâté de maisons plus loin, un kiosque à journaux propose aux passants les titres du jour : « Tragédie au palais : un mort, des douzaines de blessés ». Une photo en noir et blanc montre le corps sans vie de Saladin coincé entre les barreaux de l'arène et le portrait des deux coupables.

Un homme s'approche du kiosque, intrigué de voir plusieurs bicyclettes abandonnées à terre.

Il fouille dans sa poche à la recherche de quoi payer son journal et, lorsqu'il tend la monnaie, il découvre avec stupeur Sangha, debout à la place du vendeur, les deux pattes de devant appuyées sur le comptoir.

La folle cavale se poursuit et à présent toute la ville est aux abois.

Sur un pont de bambou qui surplombe les basses eaux d'un affluent du Mékong, un cortège officiel – ignorant tout de cette effervescence – s'ébranle avec solennité. L'air est tellement chaud que la proximité de la rivière parvient à peine à rafraîchir les hommes qui progressent lentement, parapluie et cartable en main. À l'avant, les secrétaires en robe noire marquent subitement un temps d'arrêt. D'abord dubitatifs, ils perdent très vite leurs moyens, submergés par la panique quand ils aperçoivent deux majestueux tigres venir à leur rencontre. Ils amorcent une brusque marche arrière pour finir par sauter dans la rivière. Derrière eux, les quatre porteurs qui soutiennent le palanquin lâchent prise sans précaution pour plonger à leur tour dans le fleuve. À la fenêtre de la chaise, une tête ridée coiffée d'un haut-de-forme émerge derrière un rideau de perles. Une étrange raideur saisit le notable à petites lunettes qui voit les deux tigres s'avancer vers lui nonchalamment. Koumal et Sangha reniflent à gauche et à droite, nullement concernés par la panique qu'ils provoquent devant eux. À présent seul sur le pont, l'homme sort du palanquin en serrant contre lui le bocal au fond duquel frétille le poisson rouge de l'administrateur. La peur amollissant ses gestes, le notable, victime d'un faux pas, finit lui aussi par basculer dans la rivière, emportant avec lui son poisson.

Plus tard encore, sur une route de brousse, un conducteur en maillot de corps, ruisselant de sueur, écrase son pied sur l'accélérateur tout en jetant un coup d'œil hagard dans son rétroviseur. Ils voient les deux tigres lancés à bonne allure derrière son véhicule, probablement attirés par les carcasses de bœuf qui se balancent à l'arrière de son petit camion de boucherie. L'homme, encourageant le vieux tacot à parvenir au sommet, voit arriver le haut de la côte avec soulagement. Lorsque le véhicule, poussé au maximum de sa puissance, s'engage enfin dans la descente et prend de la vitesse, il se relâche et pousse un cri de victoire, satisfait de voir que, dans son rétroviseur, les tigres ont disparu.

Il est loin d'imaginer qu'à l'arrière, sous la bâche du camion, Koumal et Sangha font un véritable festin !

La fin de la journée n'est pas loin, une espèce de torpeur règne encore sur la jungle à cause de la chaleur qui, sous ses latitudes, n'en finit jamais. Au milieu d'un chantier forestier, Sangha est allongé en haut d'une pile de bois. Rassasié et fatigué par l'errance, il suit des yeux son jumeau qui saute d'une souche à l'autre, se redresse et minaude en faisant le beau, comme il l'aurait fait sur un tabouret de spectacle. Sous le regard lassé de son frère, Koumal récite ainsi tout son répertoire appris au cirque quand, soudain, des détonations éclatent et déchirent le silence de la forêt. Une gerbe de balles s'enfonce dans les souches et fait voler le bois en éclats. Immédiatement, les deux tigres s'enfuient, disparaissant dans les arbres sous un feu nourri.

28

Le crépuscule est déjà bien avancé lorsque Aidan arrive au village. Il est venu à bord d'un camion militaire, accompagné de Naï-Réa, pour rejoindre les tirailleurs qui bivouaquent autour d'un feu. Aidan descend de la cabine, le visage fermé, indifférent au fait qu'il soit, une fois de plus, accueilli comme un sauveur. Il doit accomplir à contrecœur ce que tout le monde attend de lui. Responsable de la situation, il s'oblige à assumer ses responsabilités jusqu'au bout – mais qu'ensuite on ne lui parle plus jamais de massacrer un seul animal !

Normandin est là pour l'accueillir.

— Merci mon Dieu ! s'exclame l'administrateur. Je ne savais pas si vous alliez venir.

— On m'a dit que j'étais égoïste, dit Aidan en se tournant vers Naï-Réa. Où sont-ils ?

— Pas très loin, mes soldats les ont manqués sur le chemin du temple. Ils se sont enfuis.

Aidan découvre le petit Raoul qui les regarde du haut de la véranda. Un sentiment de culpabilité l'envahit aussitôt.

— Nous avons dû lui avouer que nous avions donné son tigre à Son Excellence, dit Normandin embarrassé. Il ne l'a pas très bien pris... Pourriez-vous lui parler ?

Aidan accepte sur-le-champ. Il s'en fait un devoir, même si cela lui semble être l'une des épreuves les plus difficiles qu'il ait eu à affronter jusqu'ici. Dans un état second, il abandonne l'administrateur et rejoint l'enfant, qu'il trouve endurci et triste.

La nuit est tombée sur la jungle, la rendant encore plus mystérieuse. Installés en tailleur sur le plancher de la véranda, Aidan et Raoul discutent à la lumière d'une lampe à pétrole. L'enfant considère l'adulte en retenant ses larmes. Il déploie visiblement une volonté et un courage considérables pour se contenir.

— Tu vois, le vieux là-bas, appuyé sur son bâton, et cette femme avec son enfant... Ou encore le petit garçon ?... Il doit avoir ton âge.

— Sangha n'a jamais mangé personne, attaque tout de suite Raoul, sachant où veut en venir le chasseur.

— Non, mais il ne va pas tarder à le faire !

Raoul n'en croit rien. Il hausse les épaules avec dédain, le visage crispé. Régulièrement, son regard se porte sur la forêt.

— S'il avait voulu le faire, il l'aurait déjà fait.

— Raoul, il n'a pas appris à chasser et n'a pas peur des hommes. Alors, lorsqu'il aura faim, il ira au plus facile, aux femmes dans les champs, aux enfants... Les grands prédateurs qui s'échappent de leur captivité deviennent tous des mangeurs d'hommes. Ils ne peuvent s'en empêcher. C'est leur instinct.

Sur le perron, Normandin fait les cent pas en fumant sa pipe. Il jette des regards en direction de son fils.

— Mais eux, ils sont pas comme les autres, insiste Raoul... J'en suis sûr.

— Non. Tu espères qu'ils ne le sont pas. Parce que tu aimes Sangha.

— Et toi, tu n'aimes pas Koumal ?!

Le regard d'Aidan se trouble.

— Bien sûr que si. Plus que tu ne le crois, murmure-t-il à voix basse.

— Alors, tu n'as qu'à pas les tuer... S'il te plaît.

Aidan éprouve une peine immense. À mesure que l'enfant le sonde, le chasseur sent peser de plus en plus sur ses épaules le poids de la culpabilité. C'est la première fois qu'il se sent fragile.

— Raoul, je suis celui qui a éloigné Koumal de la jungle. Et aussi celui qui t'a laissé garder Sangha. Tout ce drame est ma faute. Si je ne le fais pas, quelqu'un d'autre s'en chargera... Mais je te jure que quand tout sera fini, je ne toucherai jamais plus à un fusil. C'est une promesse. Je laisserai les tigres et les statues en paix...

À l'écart, à l'intérieur de la paillote, Naï-Réa se tient devant le petit autel des ancêtres où elle dispose des bâtons d'encens et des offrandes, un rituel avant la chasse. Toute son attention se porte sur les paroles d'Aidan qui lui parviennent et la touchent. Le regard du jeune Raoul exprime une impuissance et une incompréhension sans mesure. Autour de la cabane, la jungle toute proche, fief des animaux sauvages, frémit de rumeurs sourdes.

L'heure est venue pour les uns de chasser, pour les autres de fuir.

Tout semble obéir à un ordre si paisible que la perspective de voir l'homme rompre cet équilibre apparaît comme un pur scandale. À l'aube, la chasse aux tigres va pourtant reprendre et cela terrifie Raoul, qui ne retient à présent plus ses larmes.

— Je retournerai dans mon pays, je me marierai avec la femme que j'aime et je me contenterai d'écrire des livres, poursuit Aidan.

— Alors rentre tout de suite ! s'exclame Raoul dans un cri.

— Je ne peux pas.

— Sangha n'est pas un tueur. Koumal non plus. Ils resteront au fond de la jungle. Ils apprendront à chasser.

— Et qui leur apprendra ?!

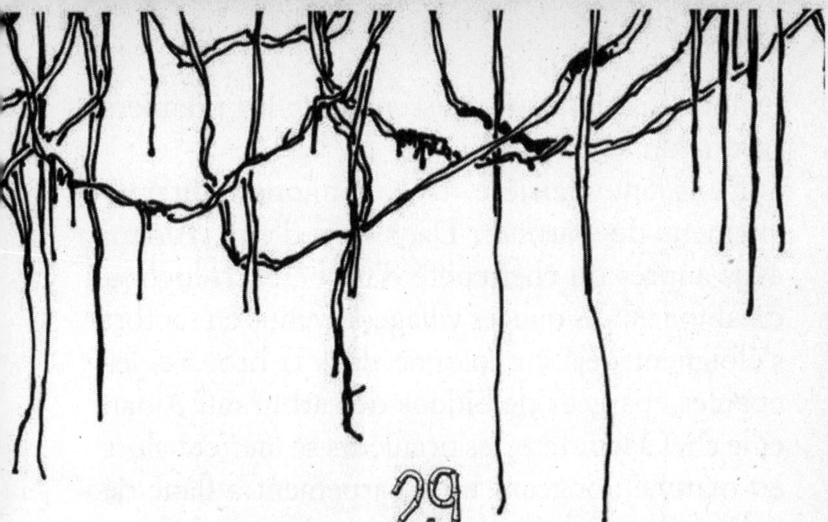

29

La nuit a passé. Les bustes des bouddhas qui ornent le pont émergent de la brume du matin. Koumal et Sangha se glissent hors des fourrés pour inspecter les alentours. Rassuré, Koumal s'engage sur l'antique voie royale aux dalles disjointes qu'il se rappelle avoir traversée, jadis, avec sa mère. Derrière lui, Sangha trottine. Au sommet d'une colline, ils regardent face à eux et découvrent la forêt qui s'étend à perte de vue. Au-dessus de l'océan végétal émergent les tours en pain de sucre du temple englouti qui rosissent sous les premiers rayons du soleil.

Dans une clairière, trois camions militaires viennent de s'arrêter. Dans l'un d'eux, Aidan, assis auprès du chef coiffé d'un béret, charge sa carabine tandis que les villageois venus en renfort s'éloignent déjà en colonne dans la brousse, les épaules chargées de bidons de carburant. Aidan et le chef à leur tête, les tirailleurs se mettent alors en marche, longeant un escarpement à flanc de colline. Ils se dirigent vers une gorge qui ferme la vallée, là où Aidan a prévu que les deux tigres vont se diriger.

Pendant ce temps, Koumal et Sangha poursuivent leur chemin en direction des temples quand, soudain, le son d'un clairon résonne et les oblige à fuir dans la direction opposée. Une violente explosion retentit. Elle roule comme un coup de tonnerre entre les parois encaissées, faisant trembler le sol. Presque aussitôt, les deux félins aperçoivent un immense nuage de fumée noire qui obscurcit le ciel. Koumal hésite, il rebrousse chemin pour repartir d'où ils sont venus, en direction de la colline, entraînant Sangha à sa suite.

Au même moment, un villageois craque une

allumette et provoque l'embrasement des hautes herbes imbibées d'essence. À d'autres endroits, le même processus est répété, achevant de fermer la barrière de feu qui enserre maintenant toute la vallée et avale goulûment la végétation. Totalement cernés par le feu, Koumal et Sangha s'enfuient dans la seule direction épargnée par les flammes.

Grimpé sur un rocher, Aidan scrute l'horizon avec, autour de lui, les tirailleurs qui ont pris position derrière des éboulis.

— *Ban hai !* ordonne-t-il. Préparez vous !

Aidan distingue les deux tigres qui émergent du nuage de fumée et s'avancent maintenant vers eux. Les deux frères s'immobilisent. Sangha a vu derrière les rochers les culasses des fusils étinceler dans la lumière du matin. Koumal s'arrête à son tour, tandis que derrière eux le feu, vorace, dévore tout sur son passage et se rapproche dangereusement. Pendant un moment, les deux félins restent immobiles, indécis et déroutés au milieu des volutes de fumée et des escarbilles qui volettent. Puis, très lentement, comme s'il voulait défier le feu, Koumal se rapproche du brasier qui se reflète dans ses pupilles, formant bientôt comme deux cerceaux enflammés. Il semble avoir un projet en tête. À la grande surprise de son frère, le voilà qui s'élance et d'un bond disparaît à travers le rideau de feu. Sitôt à l'abri de l'autre côté, il appelle Sangha, resté en arrière, qui refuse de le rejoindre. Bravant une nouvelle fois les flammes, Koumal réapparaît. Le plumet de sa queue est roussie et son pelage est couvert de cendres. Il s'approche de Sangha en émettant une sorte de ronronnement grave et vient frotter sa tête contre la sienne pour le rassurer et l'encourager à le suivre. À travers ses jumelles, le chasseur observe les deux frères, face à face, comme plongés dans un dialogue silencieux.

Sans attendre plus longtemps, car le temps presse, Koumal se retourne vers le feu et, s'élançant, répète une fois encore son exploit.

Perplexe et peu rassuré, Sangha gronde puis, se ramassant, il bondit et disparaît à son tour derrière les flammes. Interdit, Aidan abaisse ses jumelles : il n'en croit pas ses yeux.

Pendant ce temps, à l'ombre d'une toile tendue entre deux camions, Normandin rédige une lettre : *Monsieur le Président Général, je suis fort désolé d'apprendre que mon gouvernement a décidé d'abandonner le projet de la route des temples au moment même où j'ai l'honneur de vous faire savoir que les deux fauves responsables des troubles qui ont affecté notre province ont été abattus...*

Normandin abandonne brusquement la rédaction de sa missive. Pris d'un doute, il appelle son fils.

— Raoul ? Raoul, où es-tu ?

En l'absence de réponse, son regard parcourt la clairière déserte où sont stationnés les camions. Fou d'inquiétude, il renouvelle en vain son appel. Quelques minutes s'écoulent au terme desquelles il voit Aidan émerger de la forêt, le visage couvert de sueur.

— Raoul a disparu ! s'exclame l'administrateur.

30

Les hautes herbes ondulent avec la brise. Dans l'eau claire d'un ruisseau, les deux tigres en cavale s'ébattent et se nettoient de la cendre et de la fumée. Ils éprouvent un immense bonheur à se retrouver libres, mais demeurent aux aguets. Un bruit suspect intrigue bientôt Sangha. Il se redresse en émettant un grondement sourd chargé de menaces, quand soudain, émergeant des broussailles, une petite silhouette d'enfant apparaît et s'avance.

— Où es-tu ? Sangha, viens ! Sangha ! C'est moi... Raoul.

Sangha cesse tout de suite de grogner. Il va au-devant de l'enfant, qu'il reconnaît tout de suite. Parvenu à sa hauteur, il s'arrête et le couve d'un regard débonnaire. Raoul le caresse, l'embrasse sur le museau et se penche à son oreille.

— Tu ne dois jamais revenir dans les villages des hommes. Promets-le-moi. Il faut que tu restes dans la jungle. Pour toujours.

Couché à l'écart, Koumal tourne la tête, son attention est attirée par un mouvement derrière les buissons. Progressant silencieusement dans les hautes herbes, Aidan épaule sa carabine, il tient dans sa ligne de mire la tête du tigre près de celle de l'enfant. Le chasseur connaît ces gestes-là par cœur. Il suffit de tirer une première balle en plein cœur, puis une seconde tout de suite après, par sécurité. Pourtant, il n'y parvient pas et cette indécision l'irrite. Cet enfant lui fait croire à l'impossible : une amitié entre un humain et une bête sauvage. Il lutte tant qu'il peut contre cette idée.

Accablé par tant de sentimentalisme, il épaule à nouveau son fusil et vise le tigre auquel Raoul vient de retirer son large collier. L'animal lèche la main de l'enfant, quand le chasseur entend une respiration à ses côtés. Tournant légèrement la tête, il découvre une paire d'yeux verts qui le fixent. Koumal s'est approché silencieusement et l'observe, à quelques pas. Aidan ne bouge pas, seul un frisson parcourt son corps. Le tigre est bien trop près pour qu'il puisse tenter quoi que ce soit. Très lentement, il relâche la pression de son doigt sur la détente et dépose ensuite l'arme dans les herbes. L'idée qu'ils vont être tous deux, lui et l'enfant, dévorés dans les minutes qui suivent lui traverse l'esprit. Une angoisse terrible monte en lui, le sentiment que les événements sont en marche et que plus rien ne peut les arrêter. Et soudain, jetant un œil sur Raoul, il mesure l'étonnante assurance de l'enfant, ce bonheur merveilleux et presque serein qui éclaire son visage. Alors il cesse d'avoir peur, et, pour la première fois, il s'abandonne.

L'homme et le tigre se regardent, puis Koumal s'approche paisiblement. De son museau, il touche avec douceur la main de l'homme et enfin sa poche. Naseaux dilatés, il se met à la humer. Aidan sent son souffle chaud traverser le tissu de sa chemise et humidifier sa peau. Son corps se détend, il sourit et, peu à peu, son engourdissement disparaît. Avec lenteur, se gardant de tout geste brusque, le chasseur fouille sa poche, en sort une boîte de bonbons au miel qu'il ouvre et présente au tigre avec un sourire d'excuse : elle est vide !

— Je te demande pardon, dit-il gravement en baissant les yeux.

Lorsque le face-à-face prend fin, les tigres se retirent. Alors, Aidan et Raoul se rejoignent, unis par le même éblouissement, partageant désormais leur incroyable alliance avec deux tigres d'exception.

Koumal et Sangha n'ont rien oublié de ces humains qui les ont protégés, mais leur avenir est ailleurs. Bien décidés à retrouver les profondeurs de leur jungle natale, ils s'éloignent sur le sentier qui serpente dans la forêt, attirés par les rauquements lointains d'un autre tigre. Le visage d'Aidan s'illumine.

— Il y a un autre tigre qui leur répond, tu entends ? murmure-t-il.

— Il pourrait peut-être leur apprendre à chasser, dit Raoul, les yeux rougis.

— Espérons-le.

Les deux frères se retournent une dernière fois

sur le chasseur et le petit garçon et poussent un rugissement sonore en signe d'adieu, puis disparaissent.

— On a pris de gros risques, tu sais, fait Aidan.

— Je sais. Mais parfois, ça vaut la peine.

— Oui, parfois ça vaut la peine. Aujourd'hui en particulier.

Reconnaissant, Aidan passe son bras autour des épaules de Raoul. Grâce à lui, il ressent à présent une joie indicible, le sentiment de s'être libéré d'un poids, d'être entré en communion avec la nature sauvage et de se sentir enfin en paix avec lui-même. Il a conscience que cette expérience restera unique, même s'il n'oublie pas que les tigres, qui sont des prédateurs, resteront toujours des animaux dangereux et qu'il vaut mieux les laisser à la jungle. Tout au fond de lui, il sait surtout que, de toute sa vie, il n'en tuera plus jamais un seul.

ÉPILOGUE

Les animaux quittent leur repère à mesure que le soleil s'estompe dans un ciel orangé, nimbé d'une lumière translucide. Noyé dans la végétation, le temple reflète les derniers rayons avant la nuit. Le long d'un bas-relief sculpté mangé par les mousses, l'ombre des deux frères ondule furtivement. Ils avancent lentement sur les carreaux brisés de la terrasse, scrutant l'imposante masse de fougères dressée devant eux. Un frisson dans les herbes les fait réagir. Leurs oreilles se baissent, leurs queues battent leurs flancs et ils émettent un grondement bref. Lorsqu'un troisième tigre paraît, un trou visible au bas de son oreille gauche, les jumeaux restent interdits. L'air charrie des odeurs que l'un et l'autre reconnaissent aussitôt : c'est leur mère.

La débandade est générale. Des singes s'enfuient sous les ramures, des sangliers déguerpissent et des gazelles détalent. Koumal, Sangha et la tigresse ont atteint la berge de la rivière, sculptée d'images sacrées. Sans se presser, ils entrent dans les eaux paisibles, ils s'étirent et s'allongent, savourant la perfection de l'instant. Ils sont enfin de retour sur leur territoire. À l'abri pour combien de temps encore ?

Sur le visage en grès d'un antique bouddha, un dernier rayon de soleil illumine un sourire d'une infinie bienveillance.

« Pour l'éditeur, le principe est d'utiliser des papiers composés de fibres naturelles, renouvelables, recyclables et fabriquées à partir de bois issus de forêts qui adoptent un système d'aménagement durable. En outre, l'éditeur attend de ses fournisseurs de papier qu'ils s'inscrivent dans une démarche de certification environnementale reconnue. »

Composition Jouve - 53100 Mayenne
N° 341413d
Achevé d'imprimer en Espagne par LIBERDÚPLEX
Sant Llorenç d'Hortons (08791)
32.10.2519.0/02 - ISBN : 978-2-01-322519-9
Loi n° 49-956 du 16 juillet 1949 sur les publications destinées à la jeunesse
Dépôt légal: juillet 2008